自身の細い指を見て驚く。ひたひたと頬から滴る。
水がぴちゃぴちゃと床にこぼれていた。
その一つ一つの雫が窓ガラスの光を映し込み、
きらきらと輝いて、まるで空の中にいるようだった。
（私、人に生まれ変わったの？）

クロス
ウィズレイン王国を
治める若き王
エルナ
竜として生きた前世を
もつ男爵令嬢

エルナルフィア
ヴァイドとともに国を拓き、守った竜
ヴァイド
国を拓いた勇者。エルナルフィアの相棒
フェリオル
クロスの弟。真面目な少年

「うむ。呼ばれたから来てみれば、随分な状況だ」

「……なんで」

エルナは青い瞳をゆっくりと見開いた。

寒いはずなのに額からは汗が噴き出ている。

小さな精霊を胸元で守り、
今は肩で息を繰り返している。

ウィズレイン王国物語
～虐げられた少女は前世、国を守った竜でした～
1
雨傘ヒョウゴ
イラスト：LINO

Wizrain Kingdom Story

The oppressed girl was the dragon who protected her country in a previous life

1

# CONTENTS

# プロローグ　少女は竜の記憶を思い出す

Wizrain Kingdom Story

太いしっぽは、自慢のしっぽだ。たゆん、たゆんと動かして自分に比べてしまえばなんとも小さな人間を尾で囲う。「なんだなんだ。身動きができんぞ」と男は苦笑しながらも彼女のしっぽをなでた。

これはただの無意識である、と彼女は説明して、男は笑った。

彼女にとってはちっぽけな時間だが、男にとってはそうではない。このちっぽけな男が彼女の背に乗り、広い空を縦横無尽に駆け数々の悪漢を打倒した様を見て、人々は男を勇者と呼んだが、そんなことは彼女にとってはどうでもいいことだ。

「なあ、エルナルフィア」

そう言って、エルナルフィアのつるりとした鱗《うろこ》を触って静かに声をかけてくれる。しゃらり、しゃらりと鱗は涼やかな音を立てた。

エルナルフィアが自身の背に乗せ空を飛ぶ人間は、ただの一人きり。生涯に、ただ一人と決めていた。だから、飛んだ。淡く青い空気を翼にまとわせ、地を跳ね、まるで海の中に飛び込むがごとく、それとは反対に、ぐんぐんと空を昇る。とっぷりと、空に潜る。

そして――

たぷんっ。

空の中に、落ちた。

そう思ったときに、エルナは自身の前世の記憶を思い出した。

（人の……からだ）

自身の細い指を見て驚く。ひたひたと頬から滴る。

水がびちゃびちゃと床にこぼれていた。その一つ一つの雫《しずく》が窓ガラスの光を映し込み、きらきらと輝いて、まるで空の中にいるようだった。

（私、人に生まれ変わったの？）

わずかに記憶が混濁している。

エルナは人だ。十六の少女であり、下働きだ。指は真っ赤にひび割れていて、わずかな水でさえも沁《し》みてしまう。矮小《わいしょう》な体である。

ちょっとぶつけるだけであざができるほどの柔らかい体で、水たまりにそっと映る自分の体にはぴかぴかの鱗なんてどこにもない。オレンジとも、茶色とも言い難いような中途半端な髪の色の小柄な少女がいるだけだ。――決して、勇者を背に乗せ空を飛び回るような、立派な体など持ち合わせてはいない。

そう、竜〈ドラゴン〉と呼ばれるような。

「ああ、そうだ。私、人に生まれ変わって、それで、えっとそれで」

「何をぐちゃぐちゃ言っているの！」

と、エルナに叫んだのはそばかすが目立つ金髪の少女だ。彼女、ローラは憎々しげにエルナを見下ろしあぶくを飛ばしながら、廊下のすべての水を拭き取り綺麗《きれい》にするようにと指示をする。

ローラはエルナの義理の姉である。先程エルナは自身を下働きだと考えたが、実際は男爵家であるカルツィード家の次女だ。当主であるカルツィード男爵に妾《めかけ》として金で買われたエルナの母は早くに病で死んでしまった。その連れ子としてやってきたエルナは男爵に憐《あわ》れまれ、養子としてカルツィード家に入れられた。

けれども、それが悲運の始まりでもあった。

妾を持つばかりか、その子どもを養子にするというカルツィード男爵の愚行は妻の悋気《りんき》を噴火させた。そしてその娘であるローラが数ヶ月ばかりの年の差とはいえ、義理の妹にきつく当たるのもまた道理で、様々な手でいじめ抜き、妻と子を恐れた男爵は見て見ぬふりをした。

幼いエルナは母に連れられ右も左もわからぬまま生きたが、守ってくれる母はすでに死んでしまっていたし、ローラと継母《ままはは》の怒りは当然のように感じていた。ただ己の力のなさを嘆いた。下手にカルツィードの名を得てしまったために、逃げることすらできない。

そして彼女には彼らに従う理由もある。貴族の次女とは名ばかりで、物置のような狭い部屋に押し込められ、真っ赤な両手を震わせていつも冬をしのいでいた。

今もエルナの雑巾がけが下手くそであると難癖をつけ、ローラはエルナの頭にびしゃびしゃとバケツの水をひっくり返した。がらがらとバケツは転がり、床にまで飛び散った水がまるで空を映しているようで前世の記憶を思い出しただなんて皮肉もいいところである。

「ぼんやりしないでよ、あんたのせいでまた仕事が増えたじゃない！　どうしてくれるの⁉」

「あ、ごめんなさい……？」

理不尽なローラの言葉に反射的に謝りつつもエルナの心はなんの悲しみも、恐怖も感じていない。だって相手人間だし。

エルナの中で目覚めたのは広い心のドラゴンマインドである。気をつけなければぷちっと潰せてしまう人間に対して、一体何を恐怖しろというのか。

（はー。びっくりだなぁ）

そうして静かに自分の胸をさする。まず、今までとは見ている感覚が違う。

具体的にいえばエルナにとってローラとは恐怖すべき対象であったが、ふん、と鼻から息を膨らませて踵《きびす》を返して去っていくローラを見て、

（今ものすごくぷくっと鼻が膨れたなぁ。そんなにふんふんさせなくても）

と、思わずぼんやり考えてしまった。

けれども、ただ一つ。一つだけ。

（あ……）

しゃらり、しゃらり。

ローラの胸元に下げられた楕円《だえん》のガラスの石。それだけはエルナの心をかき乱した。

ずっと大切に握りしめていた、エルナの石であったから。

エルナの親指ほどの大きさである涼やかな石は、彼女が生まれたときに握りしめていたものだという。小さな赤子の手を開いてみると、ぴかぴかと輝く空を握りしめていた、とエルナの母は教えてくれた。

それが一体なんであるのかエルナにはわからなかったけれど、まるで自分の体の一部のように思えて、紐《ひも》をつけて首飾りとしていつも持ち歩いていた。それはとても不思議な石ですれ合うはずもないのに、耳をすませばしゃらり、しゃらりとまるで海の砂がさらさらと流れるような音がした。だからときどき、そっと瞳を伏せて音を聞いた。海など見たこともなく話にしか聞いたことがないのに、なぜか懐かしいような気持ちになったからだ。

はたから見ればただの平たいガラスである子どものおもちゃを必死に大切にしているような、滑稽な姿に見えただろう。だからローラは嫌がらせとしてエルナから首飾りを取り上げ、着ている立派なドレスに不釣り合いにもかかわらずいつもエルナに見せつけている。

そのことに対して以前のエルナは文句よりも、憤りよりも、悲しさを感じていた。なぜこんなことをするのだろう、と向けられる悪意に傷ついていた。

言い返すよりも、すんすんと涙を流すよくいえば心優しい、悪くいえばいくじがない少女だったのだが、今となっては、（まあしょうがないわよね、ドラドラ）という気分である。

ドラドラというのは蘇《よみがえ》った記憶を定着させんがためになんとなく考えてみたのだが、なんだか語呂が悪くてよくないな、と思ったのですぐにやめた。

こうして記憶を取り戻したエルナは、ローラにバケツの水でずぶ濡れにされたびしゃびしゃの体のまま屋敷から飛び出した。

はっはと口から息を吐き出して、少しずつ歩みは大きくなる。はやる気持ちを抑えることができずにいつの間にか走り出してしまっていた。そして街の塀を越え、いや、飛び越えて、ぽん、ぽん、と躍るように地を踏みしめ、見渡す限りの広い大地を前にして、ぐんっと力いっぱい伸びをした。

ローラに盗《と》られてしまったネックレスのことを考えると腹立たしいが、わざわざ騒ぎを起こしてまでほじくり返すことではない。

そんなことよりも今は眼前に広がるいっぱいの空の方が重要だ。なんだか前世的にとても大切なものだったような気もするけれど、エルナは今を生きているのだから。

エルナは間違いなく人の子で、ただの十六の小娘だ。けれども大きすぎる魂は彼女の皮膜すらも包み込み、溢《あふ》れるような魔力は人の限界など簡単に超えてしまう。

見渡す限りの地平線をただの二本の足で立って見つめて、エルナはぶるりと唇を噛《か》みしめた。大地が大きい。なんせ、今の自分はちっぽけだから。すごい、と呟《つぶや》いてしまったのは呆気《あっけ》に取られて。

そうこうしているうちに、靴にまで染み込んだ水がエレナの頬や髪を滴り、服の袖からスカートの裾から、ぽたぽたと地面を濡《ぬ》らしていることに気がついた。

「うん、ちょっとよくないかな。風邪をひいちゃうもんね。水はあまり好きではないし」

この体はとにかく貧弱で、ちょっとのことで寝込んでしまう。

エルナがふうっと息を吐き出せばびしゃびしゃだったはずの服はあっという間に柔らかく乾き、彼女の周囲をふわりと温かくさせる。長いスカートの裾が風の中でひゅるりと舞う。飛竜は火の竜であり、エルナはその最高峰として勇者を背に乗せ暴れまわった。

大気に満ち溢れた火の精霊たちがエルナの目覚めを喜び、ころりと笑っていた。

「んむふふ」

楽しくて、笑ってしまう。なんせ、人に生まれ変わったのだから。

「二本の足で、立っている……」

ちらり、と視線を下げて、ちょこちょこと足を動かす。

「んむふふー！」

ちょいと動けば人を踏み潰してしまうような窮屈な体ではなく、恐れられる鳴き声でもなく。小さなエルナの手のひらよりも、さらに小さな火の精霊がぽっぽと頭を燃やしてつぶらな瞳を瞬かせた。とても可愛《かわい》らしい。

「いいね、人間！　十六年間、ずっと人間だったけど、改めて！　いいねぇ！」

楽しくって、嬉《うれ》しくって、両手を広げた。

両足でだしだしと踏みながら、体中で空気を味わう。エルナはまるで生まれたばかりの気分で、いっぱいの生を受け止めていた。メイドと同じお仕着せがはたはたと風の中で揺れていて、記憶の

中にあるはずのしっぽがないから、ふらついて、また一人で笑ってしまった。だから、そのときはまだ知らなかったし、わからなかった。

——まさかローラに盗られてしまった石が、そんな意味を持つものだなんて。

「これは、間違いなくウィズレイン王国の守護竜とされる火竜、エルナルフィア様の鱗……！　な、なぜ、どこでこれを……！」

「まあ……！」

ローラはぱっと頬を赤らめて娘たちの中から躍り出た。まるで彼女が主役の物語を見ているようだ。

「この石は私が生まれたときに握りしめていたものですわ！　自身でもまさかという思いもございましたから、今日まで誰にも告げることはできませんでしたが、私は竜としてこの空を羽ばたいた記憶がございますの！」

エルナルフィア、といえばエルナの前世の記憶と同じ竜の名前だ。つまりエルナルフィアは二匹いたのか、とエルナはふと考えてしまったが、もちろんそんなわけはない。

よくもまあと驚きつつも、あの平べったいガラスは、まさか自分の鱗だったとはなぁとエルナはぼんやりと、ここまでのことを思い出していた。

# 第一章　蕾の物語、ここに始まる

Wizrain Kingdom Story

――ときは少しばかり遡る。

竜と勇者のおとぎ話といえば、ウィズレイン王国の誰もが知る建国の物語だ。

数百年前、エルナルフィアという名の青き竜は勇者ヴァイドを背に乗せ、魔の土地を切り開いた。

ヴァイドは誰もが恐れるはずの火竜エルナルフィアを仲間とし、宝剣キアローレを片手に、魔族に果敢に挑み勝利した。

突き刺された魔族の傷からはみるみるうちに緑が溢《あふ》れ、穀物が生まれ、一本の大樹と変わった宝剣キアローレを礎とし今日の王国が出来上がったという。

そして王となったヴァイドの子孫は今もこの国を治めているのだ。

初代国王、ヴァイドが言い残した言葉がある。

それはいつの日か、エルナルフィアと自身が生まれ変わった際に、また出会うことができるように一つの約束事を決めたのだと。

果たしてその約束とは一体なんなのか。

多くの歴史学者が様々な文献を紐解《ひもと》いてもわからない、ウィズレイン王国の謎の一つだ。

歴代の国王は友であるエルナルフィアの魂を探した。

――そして、その年に成人となる十六の娘を王城に集め、尋ねるのだ。

この中に、エルナルフィアはいるか、と。

（話には聞いていたけれど……）と、エルナはきょろきょろと辺りを見回した。

ぴかぴかの床や調度品。立派な絨毯《じゅうたん》。壁の一つでさえも、男爵家とは比べ物にならないほどの品質だ。エルナとしては見たことのない、いやエルナルフィアとしての記憶があるからこそ、この城の価値はわかる。壁際には騎士たちがこちらを向いて、ずらりと整列している。集められた十六歳の少女たちは興奮を抑えきれない様子で口元を押さえたり、またそわつきながら逆に瞳を伏せたりと忙しい。

彼女たちと比べてむしろ冷静に、じっくり周りを観察していたエルナに対して、「これだから娼《しょう》婦《ふ》の娘は」と苛立《いらだ》たしげにローラは呟《つぶや》いた。

ローラは平民であるエルナの母を蔑んでいる。すでに死んでしまった女がどういった人間であったのか、いちいちそんなものの認識を改める必要性は感じていないし、ローラからすれば金で買われた妾《めかけ》など、ただの娼婦に違いない。

現にエルナの母はカルツィード家の母子から使用人同然として、いやそれ以下の扱いを受け続けていた。

「エルナ。あなたは本当に下品ね。今日の田舎臭い服もそうだし、なんて惨めな」

服についても、仕方がない。男爵家の次女として迎えられたのだから、まさかメイドのお仕着せを着ていくわけにもいかない。返答しようとして、やめた。馬鹿馬鹿しくなったのだ。そんな憮然《ぶぜん》としたエルナの様子を見て、ローラはまた苛立たしく眉をつり上げ口を開き——周囲にちらりと目をやった後、ふんっと鼻から息を吐き出す。

ここはカルツィードの家でも、土地でもない。エルナルフィアの生まれ変わりを探すためといった、毎年お決まりのただの催し場《イベント会場》だ。

さすがに国中すべての十六歳の少女となると大変なので王城に集められるのは爵位を持つ家の少女たちのみで、それでも下位の貴族と上位の貴族に日をわけられ、平民の場合はそれぞれの村に来る監査官に口頭で確認される。戸籍管理のついでともいえる。

そんな昔からのイベントのために、カルツィード家の次女としてエルナはお呼ばれしてしまったというわけである。

呼んだ側もただの形式のイベントに、本当にエルナルフィアの生まれ変わりがいるとは思ってもいないだろう。なんだか申し訳ない。

馬車での旅路は少しだけ窮屈で、けれども面白くもあった。人間としての初めての経験はエルナの心を躍らせるものばかりで、そんなエルナの上機嫌はローラにとっては苛立たしいことこの上ないようだ。

「いい？　あなたは私の使用人としてここに来たの。形式的に一人ひとり確認をされるけれども、あなたはさっさと後ろに下がって黙っていなさい。国王様にお近づきになれるチャンスなのよ。逃してたまるものですか……ウィズレイン王国の象徴ともいえる火竜エルナルフィア。その生まれ変わりとなれば公爵家以上の権力を持つはず。私が、絶対に生まれ変わりよ、絶対になってみせるわ

「……！」

男爵家程度の家柄じゃだめなのよ、とぎりぎりとローラは親指の爪の先を噛《か》みしめている。前世は頑張ってなるものではないんじゃないだろうか、とエルナは「はあ」と相槌《あいづち》を打った。

「何、その気のない返事は！　あんたの大事なガラスの石を踏み潰してやってもいいのよ！」

準備もよく、ローラはエルナの目の前でネックレスをぶらつかせる。思わず眉をひそめてしまうと、彼女は満足げな様子でむふんと胸をはった。

ちなみになぜ成人した娘を集めて問いかけるのかというと、エルナルフィアは女性であったため、といわれている。「あいつが生まれ変わるのなら、きっとまた女性に違いない」と初代国王が漏らした言葉からこんなことになってしまったが、適当すぎじゃないか。

……いや、ヴァイドは適当な男だった。忘れっぽくて適当で、そのくせ底なしに明るいやつだ。

馬鹿にしたいのか、そうじゃないのかわからないくらいの気持ちでぶつぶつと頭の中で愚痴を吐く。でも一番気に入らないのはその適当に言った言葉が本当に実現してしまった、ということだ。エルナは人間の、それも少女に生まれ変わってしまったのだから。

そうこう考えている間に、貴族とはいえ十六の少女たちだ。待つ時間もたまらなくなってしまったのだろう。それはローラも同じで、まだかまだかと互いにそわついてときどきドレスがくっつき合う。ぼいん、ぼいん。

彼女たちのドレスのスカートはまるではちきれんばかりの鳥かご型で、おそらく中には立派なパニエを着込んでいるのだろう。王都に向かう馬車の中はローラのドレスでいっぱいになって大変だったのだ。最近では中に細くした藤を円形に編み、さらに立体的にするものが流行《はや》りだと聞いたことがある。ローラも、もちろん他の令嬢方もスカートの中に鳥かごを持っているから、広いとはいえ一室に詰め込まれているとぼいん、ぼいんとぶつかり合う。たまたま入り込んでしまったらしい精霊がぺちゃんこになりながらふわほわわと瀕死《ひんし》の形相をしていた。大丈夫なの。

そんなご令嬢たちに対してエルナの靴は毎日の仕事でぼろぼろで、せめてもと袖を通した一張羅はサイズも合わないつんつるてんである。なんせ、死んだ母が幼いエルナにと自身の少ない蓄えをはたいて買ってくれたものだからサイズが合わない。背が伸びるごとに少しずつ継ぎ足したりしてはみたものの、それがさらに不格好なことになっている。もちろんこれもローラたち母子の嫌がらせの一つで、周囲のご令嬢たちはエルナを見てときおり眉をひそめていた。ローラとしてはエルナが好き好んでこの格好をしていて、恥知らずな変わり者の妹に困りはてている、という設定らしい。

（まあ、別に、さっさと帰るからいいんだけど……）

以前までのエルナであれば羞恥に顔を赤らめて、唇を噛みしめ震えていたかもしれない。でもどう思われたところで今後は関わり合いにならない他人だ。自分の知らぬところで噂《うわさ》を流されたとしてもぴくりともドラゴンなマインドは傷つかない。人間って暇なのね、という感じである。

（私がエルナルフィアです、なんて名乗り出るつもりもないしね……）

いくらヴァイドの子孫である王家がエルナルフィアの生まれ変わりを探しているとはいっても、今のエルナにとっては赤の他人だ。それに今更名乗り出たところで面倒なことになるのは目に見えている。

というわけで、さっさと帰ってしまう気満々でエルナは堂々と立っていた。ご令嬢たちの間でぺちゃんこになって死に体になっていた精霊をおいでと指で呼び出して、魔力をほんの少しばかり食わせてやった。ぴゅるぴゅるぷぴぴ。うまうま。デリシャスはっぴーですやんと精霊は頭をぽっぽと燃やして礼を告げる。今めっちゃしゃべった。

『果てしなくセンキューやん?』

気の所為《せい》ではなく、たしかにもう一度そう告げて『へいよう!』と元気に精霊は消えていった。ぴゅんっと窓から飛び出しひゅんひゅん真っ青な空に馴染《なじ》んでいく。

エルナは呆然《ぼうぜん》としてその姿を見送ったが、なるほど、エルナの竜の魔力を食ったことで精霊としての格が上がったのだろう。格が上がった精霊は魔力を流し込んだ者の言語を解するようになる。竜と精霊の言葉は同じである。だから前世では知識としては知っていても、実際に変化を認識することはなかったので驚いてしまった。

ちょっと訛《なま》っていたからもしかして地方からいらっしゃったのだろうかと考えつつ、最後のへいようは馬にでも乗っているつもりだったのだろうかと謎である。でも楽しかったので全然よろしい、とエルナはむふんと笑った。そうこうしている間に、ローラにぼいんと突撃された。

「何を一人でにやにやしているのよ、まったく不気味ね!」

「そうですねぇあはは」

「怖いわよ! なんでいきなり笑顔なのよ!」

なんせその気になればぷちっと潰せるので、以前ならば涙を流していたことも段々どうでもよくなってくる。そして自分から話し始めたというのに、「静かになさい！」とローラはエルナの髪を引っ張った。別に痛くも痒《かゆ》くもないが、あんまり近寄られると鳥かごスカートにぼいんぼいんとされるので気分はあまりよろしくない。

そうこうしているうちに、ざわりと周囲のささやき声が大きくなり、ゆっくりと静まる。

やってきたのは黒い執事服を着ている、顎から伸びた髭《ひげ》がくるんと長いおじいさまである。

「皆様、お集まりいただきましてありがとうございます。そして十六の年を迎えられたことをお祝い申し上げます。エルナルフィア様は、淑女であったと言い伝えられております。どうぞ、皆様もエルナルフィア様と同じく美しく、清らかにお年を重ねてくださいませ」

緊張に固まっていた少女たちは告げられた祝福にほう、と息を吐き出した。

「ええ、ええ、本当に……！」

「エルナルフィア様は淑女の鑑《かがみ》よ……！」

（鑑……？）

竜が、鑑……？　とエルナは首を傾《かし》げるばかりだが、ご老人に同意する令嬢方はにっこりと微笑《ほほえ》んでいる。ローラのように自身がエルナルフィアの生まれ変わりにならんとする少女はもちろん少数派だ。大抵の少女たちは十六の年の、一種の祝いの儀式として王城に招かれたことを喜んでいる。

それがこの国の慣例だからだ。

「さて、わたくし執事長を務めております、コモンワルドと申します。皆様方には遠いところをご足労いただきまして、大変恐縮でございます。ささやかではございますが、ご成人になられた祝いの品と宴《うたげ》を準備しておりますので、お楽しみくださいませ」

ぺこり、と直角にコモンワルドは腰を曲げた。

普段は厳格な両親にしつけられた淑女たちも、にわかに色めき立った。けれどもローラはぎりぎりと親指の爪を噛んで、苛立たしげな様子だ。

「その前に、まずは皆様一人ひとりにご質問をさせていただけましたらと……」

ぱっと勢いよくローラは顔を上げた。エルナルフィアの生まれ変わりかどうかを確認しようとするコモンワルドの言葉を察し、ぴゅう、と目の前に飛び出したのだ。少女たちの間を無理やりにすり抜け、「私が！　私が……！」と叫ぶように主張する。

そのときだ。本日も嫌がらせのためにと握りしめていたエルナのペンダントが、するりと指から滑り落ちた。

かちゃんっ。

ずべり。

ローラは顔から床につっこんだ。つるつるとした石の床はぶつけた顔が想像するだけでも痛そうで、コモンワルドの前に飛び出した彼女を見て、しん、と空気が静まる。

護衛の騎士たちがコモンワルドを守るためか即座に駆けつけようとしたが、それよりも、とコモンワルドが即座に手で制した。

「これ、は……。エルナルフィア様の鱗《うろこ》……！」

涼やかな音を立てて彼の足元に滑り込んだ楕円《だえん》のガラスのネックレスを、震える指で恐るおそるつまみ上げた執事長の言葉に、広間は瞬く間に騒然となった。

「これは間違いなくウィズレイン王国の始祖の一人とされる火竜、エルナルフィア様の鱗……！な、なぜ、どこでこれを……！」

「まあ……！　この石は私が生まれたときに握りしめていたものですわ！　自身でもまさかという思いもございましたから、今日まで誰にも告げることはできませんでしたが、私は竜としてこの空を羽ばたいた記憶がございますの！」

ローラは即座にネックレスを摑《つか》み上げ、高らかに掲げた。

ものすごい土壇場力で、ガッツがあった。あまりのアドリブ力にエルナは瞬《まば》きをして、逆に感嘆してしまう。

さらにローラは、自身に前世の記憶があるからこそ鱗をネックレスにして、今の今まで大切に持っていたと熱く語った。

つまり、エルナルフィアとヴァイド王が生まれ変わった際にまた出会うことができるようにと決めた約束事とは、竜の鱗を持つということではないか——と、歴史的瞬間を目にし頰を赤らめる少女たちはささやき合っている。いやそんなもん知らん。

えっ、私が忘れているだけ？　とエルナは頭を抱えた。そんなもんほんとに知らん。なんかなんとなく生まれたら持ってたというか。そんな軽い気持ちで持っていたものに重たい逸話があるだなんて思いもよらなかった。

（っていうか私って水色の鱗じゃなかったっけ？　一枚一枚だとあんなガラスみたいな感じだった

の？）

まだ見ぬ自分を発見してしまったと驚きを重ねるしかない。

それにしても、とエルナはため息をついた。ローラの主張はざわめきから、静かにその場に受け入れられていく。ただの偶然ではあるが、とうとうローラは自分の願いを事実に変えてしまったのだ。中々のど根性である。真っ赤に頬を紅潮させて興奮のあまりに両手を広げている彼女をぼんやりと見つめ、エルナは——やっぱりため息をついた。

（……どうでもいいことだわ）

エルナルフィアはエルナルフィアだし、自分は自分だ。ローラがエルナルフィアに成り代わるということはカルツィード家に帰ってくることはないだろう。それはそれは、とても平和でありがたい。エルナにはカルツィード家を離れることができない理由があるから、あの屋敷が平和になるのならそれに越したことはない。

ウィズレイン王国の王族は大切な、いつも背に乗せていた相棒の子孫だ。だから気にならないといえば嘘《うそ》になるが、それほどの興味はない。

そう考えてふいと視線をそらしたときだ。少女たちのざわめきが、さらに場を激しく波打った。

「ああ、我が君、いらっしゃいましたか、大変ですぞ！」

「これは随分な騒ぎだ。何があった、ということは聞かずともわかるな」

——肌が、粟立《あわだ》つ。

エルナは目を見開き、振り向いた。

あまりにも記憶の中にある声と同じだった。もう一度考えて、違うと首を振る。よく似ているけれど、エルナが知る彼よりもわずかに声が高く、よく響く。

でもどうしても気になって、せめて一目でもと男の姿を目にしようとしたが、エルナの小さな体では、男の登場で熱狂のあまりにさらに密集するご令嬢たちを乗り越えて視認することはできない。

次に、「ヴァイド様」と彼が呼ばれたとき、驚き、息ができなくなるかと思った。同時にすぐに思い出した。この国の王となる男は初代国王の名を継ぐ。つまり彼が国王であるのなら、なんらおかしなことではない。

だから息を吸って、吐いて。跳ね上がる心臓を押さえつけて、高揚する少女たちの隙間からなんとか男を覗《のぞ》いた。

男はまったく、ヴァイドとは違う姿だった。けれども、彼はヴァイドだった。

ヴァイドはどこかかすれ声で、流れるような黒髪は片側だけかきあげられていて、ほんの少したれた目じりは無駄なほどに色男だと仲間たちからはいつも散々な言われようだった。その通りに村の女たちは誰もが彼に恋をしたし、領主を打倒し、新たな国として独立を掲げ国王となってからも、多くの姫君を虜《とりこ》にした。エルナルフィアからすれば、あんなのただの筋肉バカで、笑い方なんて意地の悪さが透けて見えるだろうにと呆《あき》れたものだが、今の彼は違う。きらびやかな金の髪が似合う好青年で、日焼けだって似合わない線の細い二十歳かそこらの青年だ。

なのに、彼は間違いなくヴァイドだった。なんせ自身の背に乗せて、何度も空を飛び回った相棒だ。その生まれ変わりがわからないわけがない。

その瞬間、エルナは、ずっとずっと記憶を遡らせて、ただのエルナルフィアになっていた。

ぼろぼろと竜は泣いた。自身の背に乗せていた相棒を思い出して、しゃらん、しゃらんと鱗を揺らしながら、人の言葉ではなく、竜の鳴き声を振り絞り、ただ泣いていた。オオキュオウ……と静かに泣く竜の声はまんまるい月ばかりが聞いている。夜だ。真っ暗な、星々がきらめく不思議な、静かな夜。

いや違う、と瞬く。

どこか、ぐんと遠い場所にいたようだ。

ここは王城で、エルナは二本の足で立っている。そして窓からは陽《ひ》の光が溢れていてざわざわとした人の波の中だ。エルナルフィアはすでにいない。竜の記憶は、今は静かにエルナの胸の中にしまわれている。ふらついた体を必死に立ち直らせ思考する。エルナは、エルナルフィアではあるが、間違いなくエルナなのだ。そうはいっても、ざわめく感情は抑えつけることができない。

そのときヴァイドと、ぐんと引き合うように視線がぶつかった。

一体どれくらいの時間がたったのだろうか。長いように感じたが結局大した時間ではなかったのかもしれない。ヴァイドはたしかにエルナを見つめ、エルナもヴァイドを見返した。

いつの間にか息もできないくらいに緊張している。頬をぱんぱんにして、閉じた唇をぶるぶると震わせてエルナはヴァイドと見つめ合った。

しかし、ふいい、と視線は呆気《あつけ》なく簡単に外されてしまった。

「そこの少女、名を」

「は、はい。私はローラ、ローラ・カルツィードでございます、ヴァイド陛下……！　ど、どうか私のことはエルナルフィアとお呼びくださいましっ」

そうか、とヴァイドは頷《うなず》き、ローラをエルナルフィアと認めた。

こうして、生まれ変わってもまた出会うことができるようにと願った彼らの記憶は、ただガラスのように砕け散ったのだった。ヴァイドは前世のことなんて何も覚えていない。

だから、消えてしまおう、と思った。

こんなところ、一秒でもいたくはない。さっさと帰ってほんの少し泣いて、後は現世を楽しもう。エルナの帰る場所なんて、本当はどこにもないのだけれども。

＊＊＊

しゃんら、しゃんら。

聞こえる不思議な音は、竜の鱗がこすれ合う音だ。竜は空を飛び、天空から音を運ぶ。きらきらと輝く鱗に気づくと、人々は両手を広げ、祝福を待った。

「エルナルフィア、ほら、手を振っているぞ。お前も振ってやったらどうだ」

「ふざけたことをぬかすな。私は竜であるのだぞ」

エルナルフィアはヴァイドから魔力を分け与えられた。だからこそ、人語を解す。竜は精霊よりも高位の存在ではあるが、もとは同じく自然の中から生まれたものであり存在としては似通っている。

憮然としたエルナルフィアに対して「ふざけていない、だからこそだ」と、ヴァイドは意地が悪いとエルナルフィアから評判な笑みをにまりと浮かべた。

神にも等しい竜であるからこそ、ほんのわずかな反応も子どもたちは喜ぶだろうと彼は言う。そんなもの、とエルナルフィアは思う。人に恐れられ、逃げられ。ただそれを繰り返してきたのだ。

ああ、けれども。

「しっぽでかまわんか」

「うん、まったくかまわんぞ」

エルナルフィアの中のわだかまりなど簡単に投げ捨ててしまうほどの価値が、彼にはあった。

しっぽは、エルナルフィアの自慢だった。ヴァイドになでられると、妙に嬉《うれ》しくなってしまう。

丘の上から必死にこちらに手を振る子どもたちが理解したのかどうかはわからないが、ふるりと動かしてやると、甲高い歓声が響いた。うるさくてかなわん、とふんと息を吐き出し、そのまますん、と速度を上げてさっさと目の前から消えてやった。すると、今度は頭の上がうるさくなった。

ヴァイドが馬鹿のように腹を抱えて笑っていた。このまま落としてやろうかと思った。

「いや、やめろ、やめろ。しゃれにならん。いや、しかしな。もう一度笑ってもかまわんか？」

ヴァイドはかすれ声でささやくように、エルナルフィアの言葉を真似《まね》てくふりと口元を歪《ゆが》ませる。

さらに高く空を上って返事をした。やめろ、という意味だ。

雲の中で体中をびしょびしょにしながら飛び抜けた。けれども火竜である彼女が一息すれば、すぐさま体はからりと乾く。

雲を抜けた先には混じりっけ一つないただ真っ青な空が広がっていた。雲の絨毯はさながら一つの国のようだ。いや、もしかするとこの雲の上にもまた別の国があるのかもしれない。エルナルフィアさえも届かないほどの高く、高い先に。

「……なあ、エルナルフィア。俺はきっと、死んでもお前のことは忘れないんだろうよ」

感嘆のため息の代わりにふと呟いてしまった台詞《せりふ》。そのように聞こえるが、実際のところ彼はこれが口癖である。またか、と呆れてしまう。

「今日のことは、忘れられんな」

「お前には毎日忘れられぬ今日がたくさんあって、いいことだ」

もちろん、嫌味である。

「本当だぞ、本当だ。大事な相棒の言葉だ。たまには心に刻んで信じてくれ」

「わかった刻んでやるよ。私の方がずっと長く生きる。生まれ変わったお前を見て、覚えていないと嘲笑《あざわら》ってやろう」

「エルナルフィア！　本当に、お前の鱗は綺麗《きれい》だなぁ！　きらきらと光の中で輝いて見えるぞ！」

「早速ごまかすんじゃない」

――こんな日も、あった。

多すぎる想《おも》い出《で》は、なんと寂しいものだろう。人は前世など思い出しはしない。きっと寂しいものなど、不要だからだ。だからエルナルフィアもすべてを捨てることに決めた。

自分はただのエルナであるのだから。


「いいこと？　このちんけなガラスが、もとはあんたのものだったということは絶対に、絶対に口にするんじゃないわよ……！」

「そう何度も言わなくてもわかってる。わかってるって。はいはい」

「はいは一回！　赤子を相手にするような文句を私に言わせるんじゃないわよォ！」

「はーい」

「伸ばすなァ！　伸ばすな！　伸ばすなー！」

そう言ってローラは怒り狂いながら地団駄を踏んでいる。

少しエルナルフィアに影響を受けすぎたなとエルナは反省した。エルナルフィアはすでに消えた人どころか竜であるのだから、きちんと人にならねばいけない。こほん、と咳払《せきばら》いをして、「言いません。大丈夫。これで満足？」とひらりと片手を振る。

それでも随分偉そうな口調と態度になってしまったが、先程までと比べてちょっとは殊勝に見えたのだろう。ふんっとローラは鼻からばふっと息を噴出させた。ローラの癖だ。

「ふんっ。あんたがエルナルフィアだなんて私は信じてもいないけどね。でも下手に勘ぐる人がいても困るし。こんなのただのちんけなガラスでしょ？　たまたま鱗とよく似たガラスを持っていただなんて、笑わせるわぁ」

ローラはからからと手の中でガラスを遊ばせている。そんなことをしているものだから、うっかり手の中から滑り落ちたネックレスは、するりとエルナが救出してみせた。

「ちんけなものでも、今は竜の鱗ということになっているし、大切にした方がいいんじゃない」

「あなた、最近生意気よ！　ちゃんと立場をわかっているの!?　これ以外のものを踏み潰してやってもいいのよ！」

そしてすぐさま手から引っこ抜かれてしまう。いつもの脅し文句だ。

ぷんぷんと怒りながら去っていくローラの背中を見て、「わかってるよ……」とエルナは小さく呟いた。ちゅんちゅんと平和な鳥の声が聞こえる。

そうしてローラを見送るついでに、エルナはゆっくりと周囲を見回した。そこは男爵家とは比べ物にならないほどの立派な庭だ。

庭、といわれれば囲まれた敷地のようなものを想像するが、ここはそんなものではない。川が流れ、池があり、丁寧に木々は整えられ、どこまでも花畑が広がっている。宝剣キアローレが突き刺さっていると言い伝えられている国の中心部、つまりは王家の庭だ。

そう、エルナは、未《いま》だに王城にいた。

ヴァイドと出会って、いやその姿を見て、さっさと逃げ帰ってしまおうと思った。その場で体を翻そうとしたとき、「エルナ！」と叫ぶ声が聞こえた。

声の主はローラだった。エルナに自身の幸福を見せつけてやろうと思ったのだろう。勝ち誇ったように微笑んでいたが、すぐにそれが自身の失態であることに気づいたに違いなかった。なんせ、ローラが持つ竜の鱗はもとはエルナが持っていたものであるのだから。

ローラは、エルナを目立たせるべきではなく、さっさと田舎に帰すべきであった。

ヴァイドはローラに疑問を投げかけ、ローラはこわごわとした口調でエルナのことを妹であると説明した。わざわざ人前で妾の、血のつながらない、という言葉をつけるほどローラは世間知らずではないからその場では伝えなかったが。

ヴァイドは、「そなたがエルナルフィアであるというのならば、しばらくの間王都に逗留《とうりゅう》してもらう必要があるだろう。心細いであろうし、妹御も王城に残られよ」となんの感動もないほどに静かに告げた。とても勘弁してほしいが、まさか一国の王の言葉を無下にするわけにもいかない。

ローラはヴァイドの言葉を聞き、顔を真っ青にさせた。けれどもエルナが何も言わない様子を見ると次第にもとの調子を取り戻し、人目につかないようにエルナを王城の庭へと呼び出し、調子に乗らないようにしめてやった、というわけである。

もちろん念押しされずとも事実を伝える気などどこにもない。

なんせ、ヴァイドは何も覚えていなかったのだから。生まれ変わった後にこっちの方が引きずっているだなんて馬鹿みたいな話である。

「前世なんて、知るもんか！」

と、叫んだとき、エルナの周囲にはいつの間にか精霊たちが集まっていた。火の精霊が一番多くて、その次は風だ。小指や、手のひらくらいの大きさや、それぞれ姿も違っていて、むちゃむちゃと丸まって遊んでいる。その姿を見ていると、ちょっとだけ楽しくなってきた。

こうしてエルナは王宮に留《とど》まることになった。

とりあえずぼんやりと王宮の片隅に住まわせてもらって適当に日々を過ごし、忘れた頃に姿を消せばいいやと考えていたエルナだったのだが。

「エルナ様のお世話係を言いつかりました。わたくし、ノマと申します」

そう言って、すらりと高い背を優雅に折りたたみ挨拶をした少女を前にして、お世話って一体なんの冗談なのかな、と考えてしまった。そして残念ながら冗談でもなんでもなかった。

逗留のためにとエルナに与えられた個室は広くて、ふわふわのベッドで、自身の面倒はすべてノマや他のメイドたちが率先して見てくれる。特にするべきこともなく王城の中は自由に歩き回ることができ、体をお風呂でつやつやに磨かれてしまったときは、ぴぎゃあと悲鳴を上げてしまった。

『本日も、おめでとさんです』

「……どうも」

慣れない日々を過ごす中で、エルナの周囲には不思議と精霊がよく集まるようになり、魔力を与えるとみんなそれぞれが礼を言って去っていく。

『お日柄も良く、さいこうでごんす』

「うん。天気も良くてよかったね」

と、答えるエルナは立派なドレスに着替えていた。毎日ぴかぴかに着飾っている自分を鏡で見ると、まるで他人を見ているように思う。

『びゅーてぃふる！』

魔力を分け与えた、訛りの強いハムスターに似た姿の精霊はいつの間にかエルナの肩にいつくようになっていた。

ローラがエルナルフィアであると知られてから一週間。ローラはともかく、意外なことにエルナも中々の高待遇を受け続けていた。『びっぷで、ごんす！』とハムスター精霊がぴこぴこと小さなしっぽを振って表していたが、そんな感じである。

聖なる竜の、ただの妹としての待遇にしてはやはりちょっと行きすぎなものを感じる。ヴァイド、お前は生まれ変わって随分変わってしまいすぎやしないだろうか。いや、生まれ変わった時点で他人なのだからそりゃ変わっているのだが。昔のヴァイドは人のいい顔をして切り捨てるところは切り捨てるキレキレだったし、こんなどこの馬の骨か知れない小娘など、笑いながらほっぽりだしていたじゃないか。

なんて、文句を言っても仕方がない。

竜としてのローラはやはりエルナと同じように丁重に扱われているようだが、日々エルナの悪口をヴァイドの耳にささやいているらしい。どんなものか聞きたいわけではないが、よそよそしいメイドたちの様子を見ているとなんとなく察しはつく。

廊下に顔を出すと、ノマたちがささめき合うような小声で何かを話していたから、思わず息を止めた。そうすると、彼女たちにもエルナの様子は伝わったらしく、「あっ」と目が合ったときには、なんとも気まずい気分だった。

だから、いつも通りに聞こえていなかったふりをして部屋に戻った。

故郷でもこんなものだった。ローラは、エルナが何を持っていても気に食わない。そして屋敷の中で彼女をいびる理由がさも正当なものであるかのように大声を出し続ける。

これはローラの母がエルナの母にしていたことで、それが娘に引き継がれるのは当たり前のことだとエルナは思っている。


人がいない場所はほっとする。エルナは、ざわざわと木々がこすれる音を聞きながら原っぱの中で足を広げて座っていた。遠く、まっすぐに伸びて空を支えるほどに大きな樹《き》は、宝剣の名を譲り受けた大樹なのだろう。

履いていた靴は、ぽいと脱いでしまった。借り物のドレスが汚れてしまうことは申し訳ないが、竜の鱗ではなく、人の肌で感じる風のささやきや、湿っぽい土の感触にどきどきした。そのまま、ごろんと倒れてしまおうとしたときだ。男がエルナを見下ろしていた。

ひっくり返ったまま彼を見たエルナは、ヴァイド、と口から声が漏れてしまいそうになった。

「…………」

「…………」

お互い無言で見つめ合った。

エルナは寝転がったまま、ヴァイドはエルナに影を落とすように腰を屈《かが》めながら。

『んちゅらっ。んちゅらっでごんすがガんす』とエルナの膝で踊っているハムスターの精霊の存在が、唯一エルナを現実に引き戻した。

慌てて居住まいを正してしゃんと座ったものの視線をふらつかせてしまう。

「あ、えっと、陛下、本日はお日柄も良く……」

いや違う。最近精霊たちがやってきて、もぐもぐエルナの魔力を食べた後にみんなそろって謎の礼の言葉を言うものだから、思わずエルナにも移ってしまっていた。ちょっと顔を赤くしてしまったが、ヴァイドはそんなことは気づきもせず、どすんとエルナの隣に座った。

「そうだな、天気もいい」

線の細い体だと思ったが、それでもエルナよりもずっと背が高い。癖のない金の髪がさらさらと風の中に揺れて、髪色と同じ瞳はきらめくような星の瞬きを思い出す。ようは、とてつもなく男前だ。

けれど、だからといってエルナの気持ちの何が変わるわけもなく、通りがよく心地のよいヴァイドの声を聞く度に、逆にヴ、ァ、イ、ドではないのだと落胆した。エルナが知っているヴァイドの声はもっとかすれていて、聞き取りづらい。でもそんなことを考えてしまう自分が嫌になった。

「お前、エルナといったか」

はい、とエルナは間をあけて返事をした。

一国の王を相手にして、座ったままなどなんと不敬なことだろう。けれどもどうせ、ヴァイドもローラから妾の娘でなんの教養もなく、盗み癖もあるから気をつけるようにと伝えられているはずだ。そうすれば人はエルナから距離を置くし、万一ローラが持つ竜の鱗がエルナのものだと知ったとしても、まず信じない。

なんにせよ、無教養な女だと思われているのならそれに越したことはない。

むしろそう振る舞うまでだ。

「随分つまらなそうな顔をしている。ここでの生活は窮屈か」

「そうですね、とても。田舎娘ですので、さっさと田舎に帰りたいです」

「そうか、そうか」

くく、とヴァイドは笑った。意地悪そうな、でもそれを抑え込んだような不思議な笑い方だったが、まあいいか、とエルナは深く考えることをやめた。

「竜は、自身の故郷を特に深く愛します。故郷のない竜は代わりに人を愛し、死ねばその骨を抱きしめ眠る。私は竜を象徴するウィズレイン王国の民の一人なのですから、故郷を愛さぬ理由はどこにもありません」

ようは、もうさっさと帰っていいですかね？　という意味である。王都から北にある男爵家の領地に帰りたいわけではないが、とりあえずそれっぽく言ってみた。竜の名を出せば、いくら王とはいえ引かざるを得ないだろう。

「そうかそうか」と、またヴァイドは笑った。「愛する者の骨と故郷。それはたしかに竜にとって、自身の命と同じくするほどに愛《いと》しきものだなあ」と、くすくすしている。なんかもう笑いすぎである。

「ならば、近々カルツィード男爵夫妻がエルナルフィアとなった娘を祝いに王城に来るとのことだ。その際に馬車を同じくして帰りなさい。お前の命と引き離してしまい、申し訳なかったな」

「……ご厚意、痛み入ります」

うむ、とヴァイドは王様らしく頷いた。王様だけども。

あの夫妻がやってくるのか、面倒だな、と考えつつもこれでやっと終わるのだと思うと、とぷりと胸の奥から音が聞こえた。不思議な音だ。

素直になってはいかがでごんすか？　とハムハム精霊は踊っていたので、つんつんつついてやった。ぢぢぢ、とハムはぷにぷにで怒っていた。


さて。面倒なことになる……とエルナが考えていた通りに、とても面倒なことになったが、まあ予想通りの展開である。

「おお、ローラ、お前がエルナルフィア様であったとは……！」

「あなたは昔から聡《さと》く、どこか人とは違う子であったと母は感じておりました。本当に、すばらしい子ですわ……！」

「お父様、お母様……！」

父母との感動の再会、のように見えるが、実際彼らはローラが持つ竜の鱗は、もとはエルナが持っていたものであることは知っている。なんせ、ローラを産んだ本人はローラが赤子のとき手のひらに握っていたということは真っ赤な嘘であると理解しているし、ローラは事あるごとにエルナから取り上げたガラスの石をちんけだと言って馬鹿にしていた。

まさかエルナがエルナルフィアであるとは考えてもいない。ただ、降って湧いた幸運という名のローラの欺瞞《ぎまん》を全力で引き寄せ、娘を竜に仕立て上げ、権力を手にしようとしている。

薄ら寒い感動は、ヴァイドと、執事長であるコモンワルド、そして数人の護衛の騎士たちの前で城の一室にて繰り広げられた。その中にぽつりと立っていたエルナは、母に抱きつき泣き出すふりをしていたローラにぎろりと睨《にら》まれてしまう。

この城に世話になってからというもの、ローラと顔を合わせることはなかった。だからこれだけ長く会わないことは久しぶりだったのだが、初めエルナを見たローラは、ぽかんと目を見開き、そしてそばかすが目立つ顔に苛立たしさを隠すこともせずにエルナを睨《ね》めつけた。そんなものじゃびびりもしないが、エルナの肩に乗っていたハムスターは『ぢぢっ!?』と震えていた。

なんにせよ、仲間はずれとなってしまったエルナは、ふうと息を落としてそっぽを向くと、男爵は慌てたように「お前も、なあ、姉がエルナルフィア様であったことは、本当に喜ばしいことだろう?」と言質を取ろうとする。そうですね、と答えてやるとほっとした顔をしていたが、すぐに男爵はヴァイドへと進言した。

「ヴァイド陛下。おそれながら、この子がエルナルフィア様の生まれ変わりだとするのならば、わたくしどものようなその、鄙《ひな》びた領地に置くことは忍びなく……」

「竜にとって、故郷とは自身の命と、また愛しきものの骨と同等なほどに価値がある。そのような謙遜をするな」

「け、謙遜など……」

男爵はしきりに汗を拭う仕草をして膨らんだ腹をもう片方の手で何度も叩《たた》いている。つまりローラを王城に置き、それ相応の対応をしろ、ということを言いたいのだ。

まるで打っても響かないヴァイドの様子に、男爵の表情は次第にこわばっていく。そしてその妻子はじっと様子を見守っていたが、とうとう耐えかねたようにローラは叫んだ。

「陛下！　どうぞ私をおそばに置いてくださいませ！　初代国王をこの背に乗せ空を駆け巡り、数多《あまた》の魔族、魔獣を打倒したこの力、必ずやあなた様のお役に立ててみせますとも！」

「ふむ、そうか……」

ヴァイドは何かを考えるように、しきりに顎の下をかいている。ちらりと視線をコモンワルドに向けた。おそらくそれはエルナにしか気づけない程度の些細《ささい》な動きだ。老人は、静かに頷いたようにも見えた。そのときだ。

「て、敵襲！　陛下、どうぞお逃げください！　謀反が、謀反が起こりました……！」

勢いよく扉が開き、今にも命からがら、といった様子で飛び込んだのは若い兵士だ。

きゃあ！　とローラは悲鳴を上げた。兵士ははあはあと肩で苦しげに息を繰り返し、倒れ込むような仕草で、一部の貴族を中心に謀反が起こったこと。また、多くの兵士が王城を攻め落とさんとしていることを一気に告げた。エルナルフィアの生まれ変わりを見つけたことで、これからさらに王家は盤石の地位を得る。その前に、叩き潰さんとしているのだと。

あまりの恐ろしさに震える男爵家を一瞥《いちべつ》して、「さあ」とヴァイドはばさりとマントを翻した。

「ローラ・カルツィード。先程の言葉に、嘘偽りはないな。ならばその力、今こそ示してもらおうではないか！　その体一つで矢面に立ち、反乱軍を殲滅《せんめつ》せよ！」

「無茶に決まっております！」とまず叫んだのは男爵夫人だ。

「こ、こんなか弱き乙女に、何をそんな……そうです！　エルナルフィア様の生まれ変わりなのですから、まずは安全を第一とし、一番にこの場から避難させるべきです！」

ローラは、まるで救いの女神を見るかのようにぱっと顔を明るくさせたが、すぐに希望はヴァイドに叩き落とされた。

「飛竜であり、火竜のエルナルフィアの生まれ変わりであるというのなら、その魔力はすべてのものを焼き尽くすであろう。初代の王を乗せたエルナルフィアの伝説はお前たちが伝え聞いている通りだ。また、先程の台詞はそれがわかっているからこそのものではなかったのか」

と、話すヴァイドの瞳は冷たい。必ずや役に立ててみせる、とローラはたしかにそう叫んだ。

がたがたとローラは震えていた。癖である親指の爪をぎちぎちと噛んで、動かない。

「ローラ、大丈夫だ、なあ、大丈夫だろう……」

男爵は魔力持ちではないローラがエルナルフィアの生まれ変わりだとは思っていない。魔力持ちとは生まれつき魔力が濃く、自在に自然現象を操る人間のことで、エルナは記憶を思い出すまで知らなかったがたしかに魔力持ちである。だが、ローラはそうではない。ただの小娘なのだ。大丈夫なわけがない。

けれども男爵はローラがエルナルフィアではないという言葉は認めぬといった様子だった。一度手に入れた幸福は、摑めぬとわかればさらにほしくなるものである。

城内のそこかしこで悲鳴が響く。その度にローラはがちりと爪を嚙んだ。「ローラ！」と母が叫ぶ。否定しろ！　とエルナは願った。エルナルフィアであると嘘を告げられたことに腹が立ったわけではない。このままでは大変なことになると考えただけだ。エルナは人の死が嫌いだ。だから誰であろうとも、無駄な死など見たくはない。

とうとう、悲鳴がすぐ近くから聞こえた。兵士が飛び込み、あけられたままであった扉から体中を鉄の鎧《よろい》に包んだ男たちが剣を掲げて飛び込んでくる。たまらなかった。だから。

――エルナはいつの間にか飛び込んで、ローラの腕を引っ張った。

彼女のドレスの裾が破れてしまったことすら気にとめず、ローラをかばい男たちの前に飛び出た。そして、腕を伸ばすとともに、ばちりと指を鳴らす。

「――燃えろ」

熱さの一つも起こらず、反乱軍の兵士は鎧を溶かされ武器も失った。

悲鳴すらも出なかった。鎧を溶かされてしまった兵士たちは、自身に何が起こったのかも理解ができず、なくなってしまった武器を捜した。そして、事実に気づいた。

目の前に立つ、ただ一人の少女の恐るべき御業《みわざ》により、武器と防具のすべてを失ったのだと。

奇《く》しくも、エルナは赤いドレスを身にまとっていた。

可愛《かわい》らしいはずのひらめくレースは不思議と少女自身が燃え上がっているようにも見え、わななき、一人、二人とその場にいた人々は平伏した。

ずらりと、その価値を知るように。

……ただ、男爵家と王であるヴァイドだけがじっとエルナを見つめていた。

男爵家は恐れて。ヴァイドは静かに、冷静に、何かを呑《の》み込むように。その二つの差は、大きな違いではあったが。

エルナは自身がしでかしたことをそのときようやく理解した。

体が勝手に動いていた。それだけだ。なんの言い訳のしようもない。けれども、首を振る。必死で振った。

「──ちがう」

凛《りん》としてその場に立っていたはずの少女は、段々と自身の表情を曇らせる。

「ちがう、ちがう！」

何度も首を振って、人々に訴える。

「私は……竜じゃない！」

くしゃくしゃな顔で、苦しげに、何かを求めていた。

「竜じゃない、竜じゃない、竜じゃないから……！」

それはとても滑稽な仕草だった。

恐れるべき竜が、涙で顔をぐしゃぐしゃにして震えている。

するりと、彼女の視界が隠れた。誰かに抱きしめられるように後ろに引っ張られる。大きな、温かな手のひらが視界を閉ざし、涙を拭った。とん、とエルナの頭が誰かの肩にくっつく。

「何を恐れている。言え」

ほっとする声だ。

すとり、と胸の奥に響くような。

――エルナはゆっくりと口を開いた。喘《あえ》ぐように何度も声を出そうとしてはくはくと口を動かす。なのにどうしても、声にならなかった。伝えることを諦めた。なのにそうした途端、ぽろりとこぼれた涙のように、かすかな声が滑り落ちた。

「骨を……盗《と》られた。母さんの骨を」

瞬間、ヴァイドの怒りが弾《はじ》けた。

「貴様ら、竜の、愛しき者の遺骨を、盗んだのか……！」

原っぱの中で、帰りなさいと意地悪に、けれども優しく告げた男の声はどこにもない。

噴き出る怒りは収まることなく、ばりばりとまるで空間すらも揺らしているように感じる。

あまりのヴァイドの剣幕に「ひ、ひぃ！」と、男爵は飛び上がるように跳ね、そしてすぐさま跪《ひざまず》いた。額が床にごりごりと当たるほどに小さくなり、ぶるぶると震えた。

「まさか、こ、この娘が竜、いえ、エルナルフィア様の生まれ変わりであるとは、まさか、まさか思いもよらず！　この者の母は金で買った卑しい平民でございます、ですからその、病で役に立たなくなったものを、こちらで処分をしてやったまででして」

「馬鹿な！　この国の守護者は竜とされている！　お前たちも知っての通り、竜は故郷を守り、そして愛しき者の骨に自身の命と同じ価値を見出《みいだ》す。だからこそ、我が国では咎人《とがにん》でさえも骨は故郷の家族のもとへと届けられる。咎人でさえも許される権利だぞ！　それを……貴様ら……！　そして、人身の売買を私は許可した覚えはない！」

ああ、とその場に崩れ落ちた男爵夫人は、病で死んだ母を焼き、その骨を隠した。エルナを勝手に養子とした夫への意趣返しの一つでもあったから、男爵は夫人の行いを見てみぬふりをした。娘のローラはエルナに骨の場所をいつかは教えてやると、代わりに何でも言うことを聞くようにと命じた。その中で、エルナは自身のガラスのような鱗を盗まれた。

彼らからすれば、エルナが母の骨にこれほどまでに執着するとは思ってもみなかったのだろう。エルナは記憶があろうとなかろうと、どこまでも竜であり、知らぬうちに自身の性《さが》に縛られていたのだ。

「そこの娘がエルナルフィアではないことは初めからわかっていた。しかし、成人したばかりの小娘の戯言《たわごと》だ。自身から撤回の言葉の一つでもあれば、ただの笑い話として済ませてやろうと思っていたというのに、まさか家族ともどもこちらを騙《だま》しにかかってくるとはな！」

射貫《いぬ》くようなヴァイドの視線に、男爵家三人はひぃっと身を寄せ合った。これから先の自身の運命を想像し、恐れているのだろう。

しかしヴァイドはそんな様子を見ても、さらに吐き捨てる。

「我が国の守護竜であるエルナルフィアであるとの虚言、また遺族への遺骨の受け渡しの拒否、人身売買。叩けばさらに埃《ほこり》が出てきそうだな！……沙汰は追って言い渡す。相応の罰を覚悟しておくがいい！」

泣き崩れる彼らを、エルナはただ呆然と見つめていた。

そしていつの間にか涙でぐちゃぐちゃだった自身の顔を拭った。

毅《き》然《ぜん》と告げたヴァイドは、決して誇らしげな顔をしているわけではなかった。どこか苦しげで、また悔しげで。

まるで、自身の力のなさを嘆いているような、そんな横顔であった。

——エルナルフィア、もし俺が死んだとしても。なあ、エルナルフィア。

ざあざあと、まるでこぼれ落ちる雨のような美しい音は、どこまでも広い草原をするすると風が優しくなでていく音だ。

エルナは母の遺骨を取り戻し、墓を作った。自身の土地を持たない彼女は王城の庭の一角に骨を埋める許可を得た。生前はどこにも行くことができず、エルナのことばかりを心配していた女性だったから、せめて見晴らしのいい場所に墓を作ることができたことが嬉しかった。

母の名を心の中で呟き祈るエルナの背後には、すっとヴァイドが立っていた。ゆっくりと膝を折り、エルナの母へと祈りを捧《ささ》げた。そして、顔を上げた。

「すまなかった」

呟いた言葉は、母とエルナ、どちらに対してなのか。それとも両人へと向けたものか。

「初めから……全部、わかってたんだよね。あなたにも、前世の記憶がある」

「ああ、そうだな」

唐突に起きた謀反。それはすべて、ヴァイドたちの演技であったのだ。

「あの娘の言葉が偽りであることは理解していたとも。なぜなら、その場にお前がいたからだ。お前がエルナルフィアであることは目を見て、すぐにわかったよ。わからないわけがない」

そう伝えるヴァイドの言葉は、エルナにもわかった。

理屈などない。彼がヴァイドであることは、心の底ではっきりと理解した。いくら姿かたちが変わろうともわからないわけがない。

「しかしそれが嘘ということを理解しているのは、ただ俺の中の記憶のみ。そんなものが証拠になるはずもない。逆に、あちらは竜の鱗という証拠を持っていた。王だからと自身の裁量のみで罪を作ることはできない。王だからこそできない。それに嘘をついたといってもまだ若い娘だ。一時、魔が差すということもあるだろう。自分から偽りであったことを正直に伝えてくれればと願ったのだが」

だからヴァイドは待った。けれどもローラはヴァイドにエルナの嘘を吹き込むばかりで、本当のことは何一つ話さなかった。せめて両親が諭してくれればと考え呼び寄せたが、まさか話を大きくするとは思いもしなかった。

だからこそ一芝居打って見せ、正直に言わざるを得ない状況を作り、ついでに少し灸《きゅう》をすえてやろうと思ったのだが、まさかヴァイド自身もこんな展開になるとは考えもしていなかった。

エルナが竜であると自身から名乗りを上げる行為をするとは。

「……つまらなそうな顔をしていたからな。竜としての生は望んでいないものだと思っていたよ。見ぬふりをしてやるべきだとな」

「それは、そうかもしれないけど。違う、ふてくされていただけ」

自分は覚えているのに、ヴァイドは覚えていない。そう思って、子どものようにほんのちょっぴり腹を立てていただけだ。そしてローラをかばうつもりで火の魔術を使ったのは、ただの八つ当たりのようなものだったのかもしれないと今では思う。

気まずくて下を向いてしまったが、「そうか、ふてくされていただけだったか。なんとも俺は力不足だな」とヴァイドは返答して、気にすることなく続けた。

「それとな、あのローラという娘が色々とお前のことを告げてはいたが、まあ、城の中で信じているものはおらん。嘘とはつけばつくほど、違和感が募るものだ。城の人間たちの態度に不審なところを感じたのなら、そりゃ同情だろう。しかし勘違いをさせた要因はこちらにある。悪かった」

「それは、別にいいけれど。……ごめん、考えるとすごく恥ずかしい」

どうしても頰が熱くなってくる。

たかが、骨だ。そこに魂はない。わかっているのだ。たしかに竜の習性はエルナを縛り否定することもできなかった。けれども竜であるからこそ、たかが人間から骨を取り返すこともできずに、彼らの言いなりになっていたことが震えるほどに恥ずかしかったし、知られたくもなかった。たとえエルナルフィアの記憶を取り戻す前だとしても。

　顔を伏せながら耳を赤くするエルナに、ヴァイドは笑った。

「何を恥ずかしがることがある。お前はエルナルフィアの記憶があるのだとしても、間違いなく十六の少女で、エルナでもある。よくぞここまで一人で戦った。ただ一人の戦場で、長い時間を耐えた。お前は間違いなく武人だ。うむ、間違いないな！」

　そう言ってエルナの手をすくうように持ち上げた青年の、にかりとした、けれどもどこか意地の悪そうな、少女に対して武人と言ってしまうようなほんの少しデリカシーのない男が、とにかく懐かしくなった。

　ぢ、ぢ、ぢ、と足元にはハムスターや、火や、風の精霊たちがいつの間にかやってきていて、わちゃわちゃと賑《にぎ》やかなことこの上ない。いつもこうだ。ヴァイドと一緒にいると、たくさんの人がやってきて。そして。

　みんな死んだ。

　エルナルフィアを残して、みんな死んだ。

　長い長い年月を生きる竜の前には人の寿命などただの塵《ちり》のようなもので、楽しく、嬉しく、幸せな時間はあっという間に過ぎてしまった。

　ヴァイドは長く、健康に生きてくれようと努力したが、人には等しく死が訪れる。お前の鱗は美しいなぁ、とただ一つを言い残して死んでしまった友をエルナルフィアはくるりととぐろを巻くように抱きしめ、泣いた。もう動かぬ。鱗くらいなら、いくらでもわけてやるのに。そんなもの、この手に握りしめて何枚だってお前にやるのに。

いつしか男は骨となり、大事に、大事に抱きしめた。けれどもそれすらも塵芥《ちりあくた》のように消え去り、竜は泣いた。

生まれ変われと願って、自分を忘れてもいいからと願って、いつかの日を思い出した。

ヴァイドはよく、死んでもお前のことは忘れないと言ったが、それは長い寿命に取り残されるエルナルフィアが気がかりでということは理解していた。

どれだけ願っても、生まれ変わりなど見つかりはしなかった。そうこうするうちに、竜も老いた。やっと、自身も死ぬことができると小さな喜びとともに、ただ一人、ひっそりとこの世から消えようとしたとき、たくさんの精霊が彼女の周囲で踊っているように見えた。それは、彼女が魔力を分け与えたものたちだ。

不思議と、誰かに言葉を伝えたかった。自身の、ずっと、ずっと願っていた、小さな。けれども大きな願いを。

「一緒に、死にたかった!」

震わせたのはエルナの喉だ。

「死にたかった、死にたかった、一緒に死にたかった、一人でなんて嫌だった、誰にも消えないでほしかった、力なんてなくなってもいい、ちっぽけでもいい、二本の足になってもいい! 人間になって、あなたと一緒に、死にたかった！」

もし、次の生があるのなら、人間になりたかった。

わなわなと叫ぶ声はどこまでも草原を駆け抜けて、力いっぱいに正面から抱きしめられた。ふうふう、と息を繰り返す。吐き出せない。これ以上何も、吐き出せない。そう考えたとき、ぴい、と一匹の精霊が声を上げた。エルナルフィアの願いを聞き届け、どこか遠くにいる神へと伝えてくれた精霊たち。そうして気まぐれな神がエルナルフィアの願いを叶《かな》えてくれたのか、ただの莫大《ばくだい》なエルナルフィアの魔力が、次の生を生み出し、捻《ね》じ曲げたのか。

精霊たちが、泣いていた。泣き声の大合唱だ。うわん、うわん、と子どもみたいに泣いている。そしたら、エルナだって泣けてきた。その中でも一番大きな声で泣いていた。本当は、少しなんてものじゃない。とても、とても腹が立っていた。なんでヴァイドが自分に気づいてくれないのか。こんなにも自分の中はヴァイドでいっぱいだったのに。

けれども現実は、彼はエルナの生を理解していた。彼は竜とエルナを別のものと考えて、尊重した。ふてくされて帰りたいと言ったエルナの言葉を受け止め、知らぬふりをしてくれようとしていたのだ。竜としての生を必ずしも、誰しもが享受したいわけではないのだから。

気づけば苦しいくらいに抱きしめられていて、それから、ばり、と唐突にひっぺがされた。わずかにヴァイドの頬は赤らんでいたが、そこは年の功で即座にごまかすことはできた。ただの小娘であるエルナはなんにもわかってはいなかった。だから謝るしかなかった。

「ごめん……ごめんねヴァイド……」

「いや、なんで謝る……」

ずずりと鼻水をすすって、顔も大変なことになっているエルナだったが、とにかく今は自分が情けなくなっていたので謝罪を重ねるしかない。

「だって、私、もう、飛ぶこともできなくて……」

多分、単純なジャンプ力なら青年のヴァイドにだって負けないだろうが、背中に乗せて雲の上まででびゅんびゅん飛ぶなど間違いなく無理な話だ。エルナからすると、自身のわがままのために力のない人間となってしまって、竜である面影などどこにもなく消えてしまった結果だ。いや、精霊術や魔術ならばただの人間よりもずっとうまく使うことができるだろうが、そんなものエルナの価値観からすれば吹けば消し飛ぶ程度である。

「私は、役立たずに、なってしまった……ごめ、ごめん、ヴァイド……」と、嘆くと、「お前は何を言っているんだ……」と、呆れたように返されてしまった。

「仕方がない」とヴァイドはぶつくさと呟き、「えいや」とエルナの細い腰を持ち上げる。

なぬ、とエルナは驚いた。そして、ぶんぶん、ぐるぐると回った。

「ぎゃ、ぎゃ、ぎゃ～～～！」

「んなははは」

王様の仮面が、ぽろんと落ちてしまったみたいにヴァイドはそれはもう楽しそうに笑った。本当に意地悪そうで、からかえることが嬉しくて仕方ない、といった様子である。

ぐるんぐるんと草原の中でいっぱいに回されて、やっと地面に降ろされたときは、一体何をされ

たのか理解ができなかったので、ダメージよりもなによりもわけのわからなさにエルナはぐったりしてしまった。

「どうだ、空を飛んだろう」

「飛んではいない……」

「飛んでいた。多分、本気を出せばもっとびゅんっとできるぞ」

「やめて。細いくせに意外に筋肉質なのほんとやめて」

そこは以前のヴァイドと違うポイントである。

なんにせよ、とヴァイドはどっこいせと原っぱの上に座ったから、エルナもそれに倣った。

「お前が飛べないんなら、俺が飛ばせばいい。ただそれだけの話だ」

「絶対違う」

「そうだなぁ、エルナ、お前の名は母が付けてくれたのか？」

唐突に話題が変わったようにも感じたが、エルナはこくりと素直に頷いた。

「うむ。エルナルフィアの名から取ったのだろうな。いい名じゃないか」

そこは少しだけ照れてしまって、ゆっくりと頷いた。似た名前の響きではあるが、母がエルナに幸せになるようにと、竜の守護を求めてくれたということなのだから。

「実は」と今度はヴァイドがひっそりと、秘密の話を打ち明けるように告げる。ごくり、とエルナは唾を呑み込み、続きを待った。

「俺の名前は」

ごくり、ごくり。

「ヴァイドカルダドラガフェルクロスガルド、と言うんだ……」

正直ただの聞き間違いと思いたかった。

「いや、実はな。この国では代々、王はヴァイドの名を継ぐということになっているだろう。でも生まれた男児すべてがヴァイドだと、区別がつかないだろう？　だからヴァイドの名前に他の文字、父の名やら祖父の名やらをつけるんだが、それが繰り返されるとな、こんな大変なことになるんだ。あとドラゴンとかの意味でドラが入ることが多い。この国は竜が大好き過ぎる。ほんとに過ぎる」

本当に大変だった。

まず覚えられない、とエルナはわなないた。なんでこんなことになってしまったのか。一人目か、二人目かで止《や》めてほしかった。

「ヴァイドカルダドラガフッ……げふっ、え？　何？」

「ちなみにこれに家名は含まれない。名前だけでこの長さだ」

「あわ、あわ、あわわわわ……」

「言いたい気持ちはわかる。わかるぞ。俺も何度も思った。だからな、公式には俺はヴァイドと呼ばれているが、母や兄弟たちからはクロスと呼ばれている。俺は、ヴァイドであるが、クロスだ。お前もエルナルフィアでもあり、エルナでもある。同じ名を継ぐ必要はどこにもない」

どうかクロスと呼んでくれとヴァイドは、いやクロスはエルナに伝えた。

「そして、俺たちが同じ関係である必要もない。お前が俺を飛ばすことができないというのなら、今度は俺がいつでも持ち上げてやろう！」

呆気に取られて、それからエルナは泣き笑いのような気持ちになった。

ヴァイドは、ゆっくりとエルナの中で、クロスという若い青年王へと変化していく。その変化は決して不快なものではなく、どちらかといえば心地よいものでもあった。

「うん……わかった。えっと、クロス」

「うむ。それではまず関係を変える第一歩から、俺の妻にならないか」

「早い。そしてよくわからない」

「大丈夫だ。ちゃんと理由はある。まずだ、エルナがエルナルフィアであるということは知られてしまった。そうすると生まれ変わりである人間にも一代限りではあるが、公爵家と変わりない権利を与えられる」

「う、うん」

ちょっといきなりすぎではあるが、派手なことをしてしまったしそこのところは仕方がない。反乱軍だと勘違いしてしまったが、殺したくはなかったので鎧と剣を燃やして溶かした兵士たちは、ちゃんと新しいものを買い与えられたと聞いてほっとした。そして一代限りの権力とは、それこそローラが求めたものでもある。エルナとしては、もちろんまったく興味はない。

「しかし、この特権だが、その父母や、兄弟にもある程度の融通を利かせることができるようになってしまっている。それは家族を重んじる竜の特性を鑑みて随分前の王が法律として定めたものだ。だから今すぐに俺が勝手に変更できるものではない」

法律とは長く時間をかけて議論し、変えていくものだ。クロス一人の独断で変更してしまうのは、ただの独裁の始まりである。

家族、という言葉を聞いてエルナは眉をひそめた。

「うむ、実際には血はつながっていないと聞いてはいるが、養子とはいえ戸籍に名をつらねているわけだからな……。罪人となれば話は別だが、カルツィード家の罪については、今はまだ協議にかけられている最中だ。この制度は……お前の望むところではないだろう？」

こくり、とエルナは頷く。

必要以上の罰を受けてほしいと願っているわけではないが、もう関わり合いになりたくはないと考えていることは事実だ。

「だからだ。俺の妻になれば、エルナに認められた公爵家としての籍は抜け、俺の籍に入ることになる。単純に、移動させるんだな。そうすれば男爵家とはもうつながりを持たない。通常の貴族ならばそう単純なものではないが、まさかエルナルフィアの生まれ変わりと王が婚姻するなど想像もしていなかったんだろうな。法律に書かれていないということは、セーフということだ」

「そ、それは、いや、勝手に変更できないってさっき言ってたのに、それはちょっと」

「勝手に変えたんじゃない。穴をついただけだ。だからこれは問題ない」

問題ないのはそこではなく、とエルナはくしゃくしゃになってしまう。

一体どうなることやら、と周囲では精霊たちがわくわくそわそわ固唾を呑んで見守っているが、見世物でもなんでもない。人生の一大事である。

「あの、私、こんな、見かけだし」

「こんな見かけ？」

「前みたいに、青くて、大きくもないし」

「それは先程伝えた。何も問題ない」

「髪だって、こんなくしゃくしゃで……」

「くしゃくしゃ？」

言われると、恥ずかしくてうつむいてしまう。ローラにはよく言われた。醜い女から生まれた女は、やはり醜いのね！　なんて。

「エルナは、美しいぞ？」

だから、きょとりと告げられた言葉は何かの勘違いかと思ったし、理解した後も冗談かそれとも励ましの言葉をくれているのかと思った。

「アプリコットのような髪色は食べたいほどに可愛らしいな。うん。嫉妬にかられて、よりひどくいじめてしまうような、まあ、そんなところもあったんだろう」

「な、な、な……」

自分で納得するように彼は呟いているが、言われ慣れない言葉の連続にエルナは視線の置き場所もわからなくてきょろきょろ、わたわたした。飛べるならば、多分逃げた。

クロスはそんなエルナの頭に、ぽんと手を乗せた。

「きっと、母君もお美しい方だったのだろうな」

その言葉がとにかく嬉しくって、じっくりと呑み込んだ。そして、うん、と小さく頷いた。

「まあ俺はお前がどんな見かけでも問題ないが。とりあえず俺の妻になってはどうか」

そしてまた話題は戻ってきた。

「いや、それは、なんていうか、あまりにも話が急というか。あとそれ以外に方法はありそうだし!?」

「もちろんある。けれどもこれが一番早い」

「早すぎて困ってるんだよ！」

がおう、と小さな竜は吠《ほ》えている。えいやえいや、と精霊たちは盛り上がり、わいわいと楽しげな様子だ。

にかりと口角を上げるクロスの、ヴァイトと違うのに同じその笑みを見て、エルナは声もなく息を落とし、思わずぎゅっと胸元を握る。

「そうだ、鱗っ……！」

「これのことか?」

そしてはっとして思い出し慌てて声を出したエルナを見て、クロスが懐から取り出したのはローラに盗られてしまったはずの竜の鱗だ。

やっぱり取り返してくれていたと胸をなで下ろす。それからクロスの手の中に収まっている鱗を見ると、なぜだか妙にしっくり感じた。

「大切なものだろう。今度はなくさないようにな」

「……それ、クロスが持っておいてくれる？」

自然と口をついて出た言葉にエルナ自身も驚いた。

「あの、なんというか、生まれたときから持ってたから！　その、私とつながってるような気がして、だから、その！」

びっくりしたから、妙な言葉まで早口で付け足してしまう。でも、こうして彼に渡すためにエルナはただ一つの竜の鱗を握りしめ、もう一度この国で生を受けたような気がしたから、何も間違いはない気もする。

しかし話すエルナだってわけがわからないのに、受け取る彼はさらにわかるわけがない。

そう思うのに、クロスは「ふむ」と訳知り顔で頷き、鱗につながれた鎖をつまむように握りしめ、高く掲げた。

太陽の光が鱗と合わさり、光の輪がきらめいたとき、「うん」とまたクロスは小さく頷いて、ただ一言。

「いいな」

ただ、そう言って笑っただけだ。

なのに、エルナはどうしようもなく嬉しかった。長い時間をかけて、やっと届いた。

こぼれそうになる涙は必死に唇を噛んで堪《こら》えた。でもすぐにクロスには気づかれてしまって、額を軽くこづかれる。「泣くな」と手の甲で目元を押さえられたから、たまらない。ぽろぽろと彼の手のひらを濡《ぬ》らしてしまう。

「まったく。俺の嫁は、いつの間にこんな泣き虫になったんだ」

「……よ、嫁ではない……」

いつの間にかの嫁扱いに、ぐずりながらなんとか返答するしかない。

——こうして二人はまた出会い、ウィズレイン王国の物語はゆっくりと幕をあけた。

長く、長く続く、後の人々に親しまれる、若き王と少女の恋物語として。いいや、幼い少年たちからすれば、王と勇ましい竜の英雄譚《えいゆうたん》として。

でもそんなことはまだ誰も知らない。

春に向けてひっそりと芽吹きつつある、蕾《つぼみ》のような物語だ。

# 第二章　光の雨、ほろほろ

Wizrain Kingdom Story

きらきらと輝く水面を見ると、ふと、息を止めてしまう。

アプリコット色の愛らしい髪色を持つ少女は、ぱちりと瞳を瞬いた。空を写し取ったような真っ青な瞳は、星々が散ったようにきらめいている。

季節の変化を感じるひんやりとした空気が、水辺の揺らめきとともにやってくる。こぼれた朝露のような輝きは、城の精霊術師が水の精霊に願っているからだろう。

火の竜である前世を持つエルナにとって水は天敵だ。しとしとと降るほんの少しの雨だってすぐに風邪をひいてしまうくらいなのに、たっぷりと太陽の光を吸い取った水面はまるで空の中のようで、思わず手を伸ばしてしまいたくなる。

たまらなくなって、エルナはつい、と指を向けた。窓枠から小さな体を乗り出し、右手を差し出す。もちろんそんなものが池に届くわけがない。そう気づくと、今度はゆっくりと空を見上げて伸ばした。

太陽があんまりにも眩《まぶ》しい。そのまま手のひらで太陽を隠すと、かざした指先に赤い線が透けていた。

「あ」

エルナはハッとしてふらつき、ぽすんと尻もちをついてしまう。

「そうだ、私、人間だった……」

エルナが、エルナルフィアとしての記憶を思い出して、はやひと月。

クロスと出会い、城に滞在するようになってとなると、まだ一週間と少しの時間しか、たってはいない。

＊＊＊

「どうだ、城での生活は。何か不便はないか？」

「不便は……ないけど。うん。ないというか、やることがなさすぎるというか……あと、カルツィード領とは随分違うから、違和感にまだ慣れない、かな」

王宮の執務室で机を挟んで向かい合うのは金髪白皙《はくせき》の美青年、でも実は馬鹿力なヴァイドカルダドラガフェルクロスガルド――ないしクロスと、困ったように眉を寄せる少女、エルナ。この二人には前世の記憶がある。

クロスはこの国の礎を作った男、ヴァイドとしての。

エルナはガラスの鱗《うろこ》に空の色を映した火竜、エルナルフィアとしての。

カルツィード男爵家にて血のつながらない義姉や義母に虐げられ、実の母は早世し、今生では家族に恵まれなかったエルナだが、なんの運命のいたずらかこうしてまた前世の縁を紡いでいる。

「違和感か？」

「そう。ほら、お城のいたるところに精霊術が施されているでしょ？　あれが……なんというか、変な感じというか」

「なるほど。カルツィード領は北の地だからな。水不足もそれほど深刻ではないだろうし、たしかに馴染《なじ》みはないだろうな」

「じゃああれは、やっぱり水の精霊に祈って池を作っているの？」

「さすがだな、わかるか。王都はいつでも水の悩みに深刻だからな」

「そっか……」

と、呟《つぶや》いてしまったのは、人の世の不思議さに驚いたからだ。エルナが竜であった頃の時代では、精霊術を使える者は多く存在したが、それほど強い精霊術を使える者は稀《まれ》だった。だからこそ当時のクロスの苦労を思い出し顔を伏せたのだが、「……気になるのなら、部屋を替えるようにしよう」と提案されたので慌てて顔を上げて、はたはたと慌ただしく両手を振った。

「大丈夫、大丈夫！　そういう意味で言ったわけじゃまったくないから！」

「ならいいが。問題があるならいつでも言え」

さらりと伝えられて、エルナは思わず眉間のしわを深めて上げた両手もゆるゆると下げてしまう。

（……なんというか）

現状、エルナは宙ぶらりんな状態だった。目的もなく城で過ごしてすることといえば母の墓参りくらいだ。だというのに、引っ越しまで所望したとなれば人としてどうにかなってしまいそうだ、と苦い表情にもなってくる。

今までは毎日義姉の無茶振りにため息をついていたというのに、この落差。

クロスには自由にしろと言われているものの一体どうすればいいのだろう……と、悩むエルナの心情を表そうとしているのか、頭の上に乗るハムスターはハムハムごんすごんすと短い両手を激しく振り上げながらハム踊りをしていた。この訛《なま》りの強いハムスターはただのハムではなく、どこか遠いところからやってきた精霊のようだが、いつの間にかなんとなくいつもエルナと一緒にいる。

それはさておき。

エルナは今はただの小娘だが、気が遠くなるほどの過去の世界で、火竜であり飛竜としてヴァイドとともに国々を駆け回った。

だからこそウィズレイン王国では竜は守り神のような存在であり、初代国王、ヴァイドの遺言としていつか生まれ変わるであろうエルナルフィアを人々は待ち望んだ。でもヴァイドの遺言という と聞こえはいいが、実際は絶対適当なことを言っただけで、まさかこんな後の世にまで自分自身の台詞《せりふ》が残るとは思ってなかっただろ絶対、とエルナは考えている。ヴァイドは実にちゃらんぽらんな男であった。

（……そのくせ人たらしで、顔と中身が合わない脳みそが筋肉気味の男だったからよりたちが悪かったのよね）

過去の相棒を悪し様《あざま》に言いながら、現在の男を見比べた。ヴァイド、もといクロスは机の上に両の手を組み合わせてしごく真面目な顔つきで、「不便がなさすぎるか……ううむ。難しいことを言うな」と考え込んでいる。

ちなみに自身こそが竜であると詐称したエルナの義理の姉であるローラの処遇についてはまだ公にできるものではないため伏せられている。現状、エルナがエルナルフィアであるという事実を知るのは一部の者だけである。

「……一応、周囲の人たちからすれば私はエルナルフィア……様、の義理の妹ということになるけど、ローラが城にいないのに、私だけ残っているのはメイドの人たちも奇妙に思っているだろうし、手持ち無沙汰だし」

「ならやっぱり結婚するか」

「今日の晩ごはんを告げるかのように軽やかにプロポーズしないで!?」

こうして事あるごとに婚姻を求めるクロスに、エルナの頭は常に大混乱である。

「あの、よ、嫁になるというのは、その……ちゃんとわかってるの？」

「うむ。もちろんだとも」

真っ赤な顔をしてうろたえているエルナと相反して、クロスはどうにも平常心で、自信満々に頷《うなず》いている。

――クロスがエルナに結婚を申し込んだのは、三日前のことだ。

この言葉だけ捉えるとひどく甘い物語のようにも聞こえるが、残念ながら実際にはそんなものはまったくなく、クロスのあっけらかんとした顔を見る度に、エルナは自分だけがこうしてあわあわと慌てていることがなんだか悔しくなってしまう。

「あのね、ヴァイド……ううん、クロス。結婚するってことはよ」と、神妙な声を作って尋ねた。

いいや、尋ねようとした。

「結婚、するってことは」

ごくん、と唾を呑《の》む。それからもう一度口を開いて。

「けけけけ、結婚、するって、ことは！」

そしてそれ以上うまく声が出ない。

心臓がどくどくと音を立てて、頭の中が真っ白になっていく。

そしてエルナの頭の上で踊るハムスターの動きも、さらに勢いを増していく。

「だから、結婚するってことは、その……」

「大丈夫だ。責任を持って幸せにすると誓おう。挙式は王城になるが問題ないか？」

「問題しかない……！」

（く、クロスと結婚って……）

正直、嫌じゃない。嫌では、ないけれど。

（結婚というからには、好きとか、嫌いとか、そういうのもあるんじゃないの……？）

多分、自分が言いたかった言葉はこれだ。

こんなの恥ずかしくて、口になんて出せるわけがない。考えるだけでも、きゅーっと胸が苦しくなった。

「大丈夫か？　腹でも痛いか？」

「そんなわけあるか……！」

「それはさておき。エルナ、お前を呼んだのは決してこの本題だけではなくてだな」

「結局本題だった!?」

結局騒いでいるのはエルナ一人きりだ。貴族や王族の婚姻とは、決して感情だけがものを言わないことをエルナだって理解している。

でも、それでもと思ってしまう自分が悔しくて、そして嫌になって、なんとか我慢しようとした。エルナは真っ赤な顔でぱんぱんに頬に空気を溜《た》め込み、頭の上のハムも真似《まね》をしている。

頬袋に中身を詰め込んだような顔が二つ並んでいるのを見て、思わずクロス自身も口の端をほころばせてしまったが、なんとか片手で表情を隠しつつ反対の手で机に置かれたベルを持ち上げ揺らした。ちりんと涼し気な音がする。

すると重たいドアを打ち鳴らすようなノックが三回。入室の合図だ。

「構わん。入れ」

クロスの許可とともにやってきたのは、それは大きな男だった。

「陛下、失礼致すぞ」

ドアをくぐる際に窮屈そうにしていた体は背を伸ばすと、ぐんと天井近くまである。顎はこんもりと髭《ひげ》で覆われていて、赤髪の獅子《しし》とエルナは想像した。でかい。上から下まで何度見てもでっかい。

思わず目をこぼれんばかりに大きくするエルナを見て、その大男は、「ほほう!」と面白げに顎をさすって、わっしわっしと自分の髭を太い指でさすっている。

「あなた様が、かの英雄エルナルフィア様でいらっしゃいますか！　お目にかかれて、恐悦至極にございますなぁ！」

　声もでっかい。

　吹き飛ばされそうな衝撃だったが、エルナは冷静に両足にぐっと力を入れて耐えきった。こちらは小娘。けれども、相手はたかが人間である。

「……ええっと、あの」

　しかし困って、クロスに視線を向けると、「うん、まずは自己紹介からだろう」とクロスはそのでっかい男を片手で制し、エルナをちらりと見やった。

「エルナ。こちらはライオネル・ハルバーン公爵だ。城の治安の一部を担ってもらっている」

「不肖ながら、陛下にお力添えをさせていただいておりますとも！」

　うほっほっほ！　と腹式呼吸で笑う男を前にして、「はあ……」とエルナは気のない返事をすることしかできなかったが、執務室にやってきた大男、もといハルバーン公爵はどうやらエルナの前世を知っている。

　そればかりか、カルツィード家のあれこれまで把握している様子だ。自分が把握できないところで自分のことを知っている人間がいる、というのはなんだかむず痒《がゆ》い気分である。

「数日前、謀反が起こったと一芝居してみせただろう。私用で城の兵を無断で動かすことはできんからな。その際、公爵の兵を借り受けたのだ」

　エルナはクロスの説明を聞いて、猫のように大きな瞳をさらにきゅっと大きくさせた。

クロスからすれば、ローラという小娘一人に少々痛い目を見せるための芝居のつもりで、まさかエルナの力を暴いてしまうような大事になるとは思ってもいなかったのだ。

それなら公爵がすべてを知る理由も理解できる……わけだが、どうしよう、とエルナは公爵を見上げ考えていた。

公爵の兵たちを素っ裸にしたことを怒られたらどうしよう。

（いや、正確には武器と鎧《よろい》を溶かしただけで裸にはしていないけども）

自分自身で言い訳を考えたが、心の中は正直焦ってはいた。

『ばっくれるでごんす』と、堂々と提案するハムを手の中でこねくり回しながらエルナはハルバーン公爵の言葉を待った。とても気まずい。けれども別に公爵は怒っているわけでもなんでもないらしく、「エルナルフィア様」と、まるで壊れ物を相手にするかのように、大切に、大切にエルナの名を呼んだ。

そして、エルナに向かってその大きな体を静かに跪《ひざまず》かせた。

「生きているうちに……あなた様にお会いできるとは。本来なら陛下からの知らせを聞き、一番に駆けつけたく存じましたが、エルナルフィア様の現在のお姿について箝口令《かんこうれい》を敷くため、時間が必要でしてな」

大きい人間というのは屈んでも大きいのだな、とエルナは場違いに思案した。

でもそういうことを考えている場合ではなく、怒られる話ではなさそうだが、なんだか奇妙な流れになってきてしまった。

「人の口に戸を立てることはできんだろうが、少々の時間稼ぎは必要であろう」

クロスはすっかり王様口調になっていてむずむずする。

「あの……とりあえず、なぜ跪いていらっしゃるので……」

「エルナ。公爵は敬虔《けいけん》なエルナルフィア教の信者でもある」

「えるなるふぃあ教……ああ、あー……」

それはもちろん、エルナも知っているウィズレイン王国随一の宗教だ。

当時のエルナルフィアが許容した記憶はないが、寄ってくる人間たちにときどきしっぽを振って反応してやっているうちに、いつの間にか熱狂的な信者《ファン》が増えてしまったのだ。

エルナルフィアからしてみれば、ただのファンサービスのつもりだったのだが、いつの間にか世代を超え、時間を旅し、今の今までそんなこんな。まさかそんな、と正直言いたい。

というか重たい。

「お気持ちは伝わりましたし、わかりました。なのでとりあえず、立ってください……立ってほしいです……」

「おっほ。ありがたい。老体にこのポーズは辛《つら》いものがありますのでなぁ！」

「ただのめちゃくちゃ正直」

動きがとても素早い。敬虔じゃなかったのか。

「いやいや、我がハルバーン家は代々、炎を紋章としておりましてなぁ。竜は、王族のみに許される印ですからな。それならばどうエルナルフィア様に近づくかと祖先がない知恵を絞りまして！

雇い入れる者も、炎の魔術を扱える者を優遇しておるのですよ！」

さあ見てください！　と赤髪の獅子はマントに縫われた刺繍《ししゅう》をエルナに見せる。ちょっと反応に困ったので、曖昧に笑った。

なんというか、ぐいぐいと全体的に近い。

「……ハルバーン公爵。ここに来た目的がずれてきているのではないか？」

「ハッ……そうでございましたな！」

「相変わらず体全体で元気な反応をするな……。エルナ、俺はお前にもっと多くの可能性があってもいいと思っている。お前が選ぶことのできる選択肢を増やしたい」

「選択肢……？」

話が見えない。エルナが眉をひそめると、ばしん、とハルバーンは大きな手のひらで自身の胸元を叩《たた》いた。

「エルナルフィア様、もしよければ私の娘になってはいかがでしょうか？」

「…………む？」

むすめ。

何を言われているかわからなくて最初の文字だけ口にすると、ハルバーンはこくこくと嬉《うれ》しげに頷いている。聞き間違いかと思ったけれど、聞き間違いではないかもしれない。

思わずきょとんとして瞬いてクエスチョンマークを盛大に飛ばすエルナを見て、「まあ落ち着け」とクロスからのストップがかかった。

「これはお前の事情を知った公爵からの、ただの提案だ。エルナがカルツィード家の養女であることに問題があるというのならば、さらに有力な貴族の養女になってはどうか、とな。俺の嫁になるにしても、養女となった後でも問題ないしな」

クロスが何かを言っていたがエルナは無視することにした。たしかにカルツィード家との縁を今すぐ切ることができるというのなら、願ってもないことだ。けれど。

大きな体と強い瞳でこちらを見下ろしているハルバーン公爵と目を合わせ、彼が見つめているのはエルナの、さらに遠い場所であることに気がついた。

——自由な世界を羽ばたくガラスの鱗を持つ竜の姿を想像する彼と、今ではただちっぽけになってしまったエルナ。

「申し訳……ないですが……」

思わず、顔をそらしてしまった。

気まずい空気が漂い、息苦しささえある。

「ならば、仕方ないですなぁ！」

しかし瞬間、そんなものは吹き飛んだ。ハルバーンの大声はまるで一つの風のようで、直立したままひっくり返る手前で、エルナは体を硬くして堪《こら》えた。

元竜だって、びっくりするときはびっくりする。

「エルナルフィア様……いいえ、エルナ様にお会いでき、喜びのあまり年甲斐《としがい》もなく先走ってしまいました。……私は残念ながら魔術の才には恵まれませせなんだが、炎の魔術を扱う者は、熱く、一《いち》途《ず》な者が多い。エルナ様。どうぞあなたの熱き魂で、クロス様をお支えください」

たしかに、その言葉はエルナに向けて話されたものだった。

ハルバーン公爵から自然に差し出された手を、エルナはゆっくりと握った。やっぱり彼の手のひらは大きくて、比べるとエルナの手は赤子のようだ。獅子のような外見に反して、穏やかな体温はことりとエルナの胸を熱くした。はい、と気づいたら呟いていて、そのことに驚いて思わず口を引き結んだ。ハルバーン公爵が年相応のエルナの顔を見て、くっくと笑みを落としたから、エルナは顔を真っ赤にした。

「さて、陛下。実は私は死ぬほど耳が良く、よく野生の動物か何かかと驚かれるのですが」

「公爵家の当主から出る台詞とは到底思えないが、大丈夫だ、知っている」

「んほっほほほほ。この分厚い扉越しにエルナ様の悩ましげな声が耳に届きましてな……」

ハルバーン公爵はふぁあっと両手で耳をすますようなファンシーなポーズをしているが、していることはまったくファンシーではない。しかし問題はそれではなく。

(えっ、お、思い悩んでいたって……!?)

エルナは先程の会話を思い出した。

(ええっと、そのたしか、クロスに改めて、その、それを、ぷ、プロポーズのようなことを、言われて)

ぐるぐると目の前が回る。

自分だけでも恥ずかしいのに聞かれていたとなればさらに辛い。しかもハルバーン公爵はどこか訳知り顔だ。

「陛下、エルナ様は思い悩んでいるのですな」

「あ、あの、ちが、待っ……！」

「やることがなさすぎて、困っていらっしゃるとのことで！」

「あっ、あっ、そっち……!?」

——どうだ、城での生活は。何か不便はないか？

——不便は……ないけど。うん。ないというか、やることがなさすぎるというか……。

本当に、最初の最初の会話である。

随分遡ったなぁ、と思わなくもないが、「私に名案がございますぞぉ！」とふぉっふぉと公爵は笑っていた。

＊＊＊

「案外、いいかもね、これ」

ハルバーン公爵の思いつきは実にエルナにとってしっくりくるものだったらしい。

「もともと、お母様の骨も王宮にあるもの。近くにいさせてもらえればありがたいし。ううん、いなきゃだめだものね」

そう言って自分の服をひらひらさせている彼女はとても慣れた様子だ。もちろん新たに王宮で渡された服の方が、素材もしっかりしていればサイズだって抜群にぴったりなのだろうが。

なんと、エルナが着ているものは、王宮のメイド服である。

「やっぱり着慣れたものだと落ち着くよね、うん。すっかり盲点だった。男爵家ではドレスなんて全然着なかったのに、ハルバーン公爵の話がなかったら思いつかなかったかも」

「俺は逆に見慣れん姿だがなあ」

手配したクロスからすると妙にむず痒い気持ちになる。しかしエルナの嬉しげな顔を見ていると、どうにもつられて微笑《ほほえ》んでしまう。

執務室の窓からは静かな風が入り込み、エルナのスカートを柔らかく膨らませた。と、思ったら、

「わぎゃっ、おわっ、うわっ」とエルナがぺしゃんこになっていた。

「こらやめんか、やめなさいってば！」

見えもしない何かにぷんすこ怒っている。楽しそうなエルナを見て、きっと精霊たちが自分たちもとやってきたのだろう。

ふと、クロスは目を眇《すが》めた。

竜として生きたエルナと比べると、クロスはただの人間だ。精霊の姿は見ることはできないし、記憶にある過去の生はまるでおとぎ話の中にいるようだ。

けれどもあの日、視界の中に飛び込んできたアプリコット色の髪の少女は、たしかにクロスにとっての現実だった。

思わず目を細めてエルナを見つめた。すると、わあわあ自分の頭の上を叩いたり、体をくるくる

回したりと忙しいエルナの足元から避難するように、ちょこちょこと短い手足を動かしながら一匹のハムスターがこちらにやってきた。

「……しかしなぜだかお前だけは俺にも見ることができる。お前、果たして一体、何者だ？」

ちょん、と口元をつつくと、ふくふくのお口がもぞもぞ、鼻と髭はぴくぴくと動いている。

そのとき、さらに楽しげなエルナの声が響いた。スカートの裾をぴん、と指先で持って、くるくるとつま先で回り、倒れそうになったかと思えば器用に反対の足でバランスを取り、さらに逆回転だ。

ぽつり、と。

雨が降りそそいだようだと驚くと、それは窓の格子の隙間からこぼれる光の粒だ。

はたはた、ぽろぽろと光の雨が降りそそいだ。

くるり、くるりとゆっくりとエルナは柔らかいスカートの布を揺らして精霊たちと遊んでいる。

白く柔らかい空間にいるような。

まるでどこか遠い場所で、何かを見つめているかのようだ。

「あっはっはっは！」

明るく跳ねるようなエルナの声を聞いて、はっとクロスは瞬《まばた》きをし、息を呑み込む。くすぐったくて、思わず笑ってしまったのだろう。ぐんと近づく現実を意識した。

「エルナ、中身が見えるぞ」

そして苦笑しつつも苦言を呈した。

瞬間、エルナは勢いよくスカートを押さえ込み、真っ赤な顔で唇を噛《か》みしめている。多分、精霊たちはぼろぼろと床の上に落っこちた。ハム精霊が短いお手々をはわわと口に向けて、心配そうに鼻をふくふくしている。

穏やかな昼下がりだ。

「……おっ、お見苦しい、ものを……」

「冗談だ。ギリギリ見えてはいない。ギリギリな。それに俺は中身にしか興味はない」

「ど、堂々と真顔で言っちゃったよ！」

「白い布を見せられてもなぁ。もうちょっと色気をくれ」

「ギリギリどころかあまりにもどストレートだ！」

エルナはまだ、生き方を決めていない。

竜と人の間を曖昧に生きている。

少女がどのように生きるのか。何を選択するのか。それはクロスにもわからないが、できることなら、手を差し伸べたいと願う。

——たとえ、自分自身が持つ力が、とてもちっぽけなものだとしても。

「エルナ、お前といるとまるで雨の中にでもいるみたいだな、本当に。騒がしいからかね？」

「随分昔にも同じようなことを言われたような気がするけど、騒がしくしていたのはそっちだからね!?　昔の私はとってもお淑《しと》やかだったらしいからね！」

「エルナルフィア様……いえ、エルナ様……むうん申し訳ございませせぬ、やはりエルナ、とお呼びするしかございませんな」

しょんぼりと頭を下げる角度ですらも直角な男性――くるんと髭《ひげ》が長いおじいさま、コモンワルドはすぐさまびしりと直立した。

城の執事長を務めるコモンワルドはいつでもどこでもまっすぐだ。歩くときはぴしぴし背を伸ばし、見ているこっちまでいつも背筋が伸びてしまう。眼窩《がんか》に片眼鏡をはめた彫りの深い顔つきの老齢の執事はクロスの幼い頃からの世話係であるらしく、周囲からの信頼も厚い。

それにしてももふもふ髭のハルバーン公爵にしろ、くるんと髭のコモンワルドにしろ、出会う髭のヴァリエーションがちょっと多い。しかし公爵がどでかい獅子《しし》とするならば、コモンワルドは細く長い針のようで隙のないぴしりとした服の着こなしだ。見かけから性格も窺《うかが》い知れるというものである。

しかし今現在のコモンワルドは中々に悩ましげな表情をしている。

その不安を払拭すべく、エルナは必要以上に明るい声を出してみた。

「もちろんです。執事長に様付けで呼ばれるわけにはいきませんから」

だって本当に気にしてない。だから安心してほしいとばかりにどんっと胸を拳で叩《たた》いてしまったが、こういった仕草は少し間違っているような気がする。慌てて手のひらをぱっぱと振って自身の腹の付近で両手を重ねた。

「だ、大丈夫ですよ。むしろ様付けで呼ばれたらすごく困ります」

「ふ、ふむ……」

不安のような、心配のような、なんともいえない空気がざらりと流れる。

コモンワルドはエルナの正体を知っている数少ない人間だ。エルナ自身でさえもただのガラスだと思っていた、今はクロスが保有しているネックレスを竜の鱗《うろこ》だと一目で見抜いた知識人でもある。

そんな彼にじっと見下ろされると、もともと伸びていた背筋をさらに伸ばしたくなってしまう。

コモンワルドはやはり難しい顔のままだ。

「…………」

さて、何を言われるのかと口元を引き締め次の言葉を待ったが、緊張するエルナとは異なり、コモンワルドは彫りの深い顔をゆっくりと、柔らかに変化させた。

「何かお困りなことがございましたらいつでもお声掛けください。あなた様のことは、クロス様からよくよく言いつかっております。必ず、お力になってみせますとも」

思わず、エルナはわずかに目を見開いた。言葉にすればたった少し。それなのにあっさりと不安が吹き飛んでしまったことにじわりと遅れて面白くなってしまう。くすり、とエルナが笑うと、同じくコモンワルドも笑った。どうやらこちらも緊張していたらしい。

「では早速。エルナ、私があなたの直属の上司となりますので、あなたについて、ある程度把握させていただければと思います。特技や、自身の得意があれば教えていただきましたら、そちらに応じた部署に配属しましょう」

「特技ですか。男爵家ではほとんど使用人として過ごしていましたから、細々としたことはなんでもできます」

「ふむふむ」

「あと今は精霊術もできます。もちろん炎の魔術も使えますし、多分人間よりも目がいいと思うので、魔力の残滓《ざんし》も追えます。魔術が使用されてもすぐにわかります」

「…………」

「護衛にはもってこいですよ」

満足したようにむん、とエルナは胸をはったが、すぐに、いやこれはメイドとしてはどうなんだろう、とエルナ自身も気がついた。

コモンワルドの表情は変わらない。にこりと微笑《ほほえ》んでいるままである。

「やめておきましょう」

しかしその表情のまま、告げられる言葉は、少し迫力があった。

「え、あの……?」

「魔術と、精霊術はやめておきましょう」

不思議な威圧感にさすがのエルナも頷《うなず》くことしかできなかった。

これが今朝のことである。コモンワルド曰《いわ》く、『精霊を見る目を持ち、精霊術を使用できる者の多くは王宮専用の精霊術師として宮仕えしておりますし、さらに魔術まで扱える者となるとほとんどおりません。やはりあなたのそれは少し別格のように思います』とのことで、隠せるならば隠すに越したことはないかもしれない、と伝えられた。

エルナルフィアの記憶を遡ると、生まれ持った才能が必要である魔術とは異なり、精霊術とは自然から小さな力を少しずつ借りるため大半の人間が使うことのできる力だった。

ただ使えるといっても明日の天気がなんとなくわかるという程度の曖昧な力だったから、王宮に池を作るというような地形を変化させるほどの発達した術ではなかった。使用する人間が減った分、より先鋭化されたということかもしれない。せっかくのコモンワルドのアドバイスだ。もともと大きな声で言うつもりはなかったが、隠せというのならば隠すようにしようと考えながらエルナは早速仕事に向かった。

中庭を通り抜ける形となる回廊はアーチがいくつも取り付けられ、明るい日差しがさんさんと差し込みなんともほがらかだ。もともと城の中での行動に制限をかけられているわけではなかったが、堂々と動き回ることができる身分を得た今の気分はまた別だ。

けれども、なんというか。『困ったことがあれば』と言ってくれた頼りがいのあるにこにこ髭のコモンワルドの言葉を思い出しながら、エルナは現在進行形で困っていた。でも多分、本当に困惑しているのはエルナではなく、目の前の少女だ。

緑がかった髪の両端が肩よりも上の位置でくりんとカールした少女が、つかつかとエルナの眼前を歩く。少女は頭に白いキャップを被《かぶ》っていて、真っ白いエプロンドレスと黒いロングスカートはひらひらとフリルの端が躍っている。

つまり、今現在のエルナと同じ格好をしている少女の名前はノマである。

——エルナ様のお世話係を言いつかりました。わたくし、ノマと申します。

一週間と少しの間、エルナの身の回りの面倒を見てくれていたメイドの少女だ。

エルナはノマの後ろをてくてくと追いかけていた。その背中を見つめて、うーんと考えている最中、エルナのスカートにやっほいと精霊が突撃してくる。

「あっ、こら、邪魔しないの」

「……何か?」

しまった、と慌てた。エルナの手の中では先程摑《つか》んだ精霊が、すみませんなとでも言いたげにぺこぺこしている。隠すようにしよう、と考えたばかりなのに、初《しょ》っ端《ぱな》からこれである。

「あ、えっと、あのー……」

エルナの周囲には、いつもどうしても精霊が寄ってきてしまう。さらに自然が近いとどうしても精霊の数は増えてしまい、今もほわほわと目の前を回ったり、回廊のアーチからこっそりこちらを覗《のぞ》いたりしている。しかしそんなことを知るわけないのでノマは胡乱《うろん》げな瞳をエルナに向けた。

本当にしまった。

「目に埃《ほこり》が入って……思わず……」

精霊を握りしめたまま苦しい言い訳をすると、さらに困惑した瞳を向けられた。さっきから、ノマはずっと同じ顔をしている。当たり前だ。——なんせ、自分が面倒を見るように言いつかっていたはずなのに、なぜか今度は同じメイドとして働くことになってしまったのだから。

（コモンワルドさん、なぜ……！）

ノマはエルナが竜の記憶を持つということは知らない。特技に応じた部署にしてくれるって言っていたのに！　と心の中で文句を言いたくなるが、たしかに精霊術や魔術ができますと言われても、どこに配置させるんだという話ではあるのだが。

エルナに魔術と精霊術を使用できることは隠した方がいいと話した後に、さてどうするかとコモンワルドは考えている様子だったが、すぐにぱちりと手を打ち、ぱあっと嬉《うれ》しそうにしていた。一体何を思いついたというのか。

そしてノマのもとにつくように、と指示されたわけなのだが。

（こんな混乱させる人選じゃなくて、もっと別の方法もあったんじゃないかな……いや、結局どこに行ったところで同じかな）

噂《うわさ》はすぐに回るものだ。でもやっぱり、あの髭め、と思わないでもない。

ちなみにノマが両手を下げて引きずるように持っているのは、それはもう重たそうな、たっぷり水が入ったバケツだ。ノマの細腕では負担になるだろうとエルナが持つことを提案してみたところ、すげなく断られてしまった。つまりお前なんて信用できない、といった意味合いかもしれない。

目的地までたどり着いたのか、がしゃんとバケツを地面に置いたノマはよっぽど重かったのか疲れたように長いため息をついた。それからちらりとエルナを見たが、すぐに視線を落として暗い声を出す。

「……あなたに頼む仕事だけど。いきなりだったから、何をお願いしたらいいかわからなくて、すごく困ったというか」

(余計なことをしてくれたな、という意味かな)

「だから、ここ。人通りが少ないわりに外に近くてすぐに汚れるから困ってるのよね。掃除してほしいんだけど、大丈夫なの？」

(こんな小娘に掃除の一つもできるのかという心配かな)

「大丈夫です」と返答しながらもネガティブがすごい。なんせ、エルナはメイドたちからの冷遇に慣れきってしまっている。実家とは名ばかりのカルツィード家では、毎日元気にエルナをいびるローラのせいでどこへ行こうとも一番下っ端だったから、バケツを見ると頭からかけられるかもしれないな、と嫌な心構えまでできてしまう。

そんなことをされたところでメンタルの方は痛くも痒《かゆ》くもないのだが、火竜であるエルナルフィアは水との相性はあまりよろしくはないため、できることならやめてほしい。もしくは覚悟させてほしい。たとえ火竜であっても風邪には勝てない。悲しいことに。

さあ、やるならどうぞ、と両手を開いて待ち構えていたつもりが、「じゃあ私、他の道具も持ってくるから」とあっさり話が終わったので、正直とてもびっくりした。

「えっ!?　あの、じゃあ私も」

「別にいい。待ってて。そこから動くんじゃないわよ、ぴくりともね！」

（なるほど。これはもう戻ってこないな）

すでに虐げられることではプロフェッショナルなエルナは去っていくノマの背中をぼんやりと見つめた。ノマが置いたバケツには布が一枚ひっかけられている。

「うーん……」

どうしたものかと思案して、「なるほど、掃除すればいいのか」と、ぽんっと手を打ち理解した。

やることはすでに提示されているのだから、なんの問題もない。

たしかに回廊はほとんど庭と接している形だから砂埃がつきやすく汚れやすくはあるが、定期的な清掃はきちんとされているようでそれほどの苦労はなさそうだ。

アーチの影がいくつも回廊に伸びていた。外の光が当たる柱は輪郭をぼんやりと曖昧にさせて温かく、きらきらとした陽光が輝き、柔らかい風の匂いがエルナの鼻をくすぐった。

庭を覗くと、鮮やかな緑の木々が庭園を彩りときおり鳥のさえずりが聞こえる。足元では精霊たちが楽しそうにころころと踊っていた。

――まるでこの場だけ空間が切り取られているかのようだった。

『ほがらかでごんす』

一応隠れていたらしく、エルナが被っていたキャップの隙間からぴょこんと飛び出したハムスター精霊の言葉に「そうね」と頷くしかない。正直、このまま庭へと素足を踏み出してころんと転がり眠ってしまいたくなる。

「……うん。いい考えかもしれない」

と、うっかり自分自身に惑わされそうになりつつ、「いやいや」と慌てて首を振り、「とりあえず、色々と拭いていこうかな」とエルナがバケツに手を伸ばそうとしたとき、ころり、ころころと一匹の精霊がやってきた。

透明な風がきゅっと詰まって形になった精霊は、なにやらエルナに言いたいことがあるらしい。ぴゅいぴゅい、きゅいきゅい、ぷきゅぷきゅぷ。エルナとハムスターの首がどんどん片側に傾《かし》いでいく。なるほど、なるほど。

「いや別に、手伝いとかは」

これは私がしなきゃいけない仕事なわけだし、と言葉を続けようとしたのだが。

「うん、まったく聞いてないね。というか、精霊が見えるのは隠しとけって言われてるんだけどな……」

ゆっくぞう！　と精霊たちは飛び出した。いえいいえい、ぐるんぐるん。

作業開始の合図とばかりに、風の精霊はまずはひゅる、ひゅるる、と小さな旋風をいくつも起こす。そこにやってきたのは、ぽこぽこした石ころみたいな土の精霊だ。ごろんごろんと体を動かし隠れた場所までしっかりがっつり土埃を巻き込んで親指サイズがどんどん大きくなっていく。ぱっちゃりぱちゃぱちゃ！　今度はバケツの水が暴れだした。たまには私たちも失礼しますね、とでも言いたげな様子で、雫《しずく》となった水の精霊たちがしゅぱっと飛び出す。

「お、おおお……」

水の精霊が回廊を濡《ぬ》らして、葉っぱの精霊たちがそっと拭き取り、さらには風と火の精霊がふうふうと息を吹き出し乾かしたと思うと、辺り一帯が一瞬でぴかぴかになっていく。

「う、う、う、うわあ!?」

他にも花やら木やら、広く長いはずの回廊が、あっという間に精霊たちで埋まってしまった。わいわいきゃあきゃあ、さらには小さな虹まで出来上がっていて、なんとまあ、いつの間にやら大混乱だ。

そんな渋滞を解消すべく、ハムスター精霊は短い両手をちょびちょび振り上げ、楽団の指揮者の如《ごと》く指示を飛ばしている。

『ハムウッ！　ハムハム、ハムウッ！』

「えっ、ハム感すごすぎじゃない？　待った、問題はそこじゃなく、まだ私だけ何もしてない……！」

エルナが叫んでいる間にも、みるみるうちに回廊は姿を変えていく。ぴっかぴかの、つやつやに。

慌ててバケツの縁にかけられた布へと手を伸ばし、ばしゃんとバケツの中に手をつっこんだ。

「うう、冷たい！」

水はあんまり得意ではないが、体中浸《つ》かるわけでもなし、これくらいなら平気だ。

「うわ、うわ、うわ、うわー！」

そして勢いよく布を絞って飛び出して、柱や床を拭っていく。行動の一つごとに「うわ！」と気合を入れて、しゅぴしゅぴ動き回る。

なぜならそうしなければ精霊たちに仕事を根こそぎ取られてしまいそうなので。

「ま、負けて、られるかぁー！」

とにかく、飛び出すしかなかったりする。


「な、なんなの、これ……？」

ノマは目をまんまるにして回廊の現状を見回すように確認し、ぽかんと口をあけていた。

その手からは抱えていた掃除道具が滑り落ち、がちゃんっ、がらん、と音を立てる。

戻ってくることはないだろうとのエルナの見立てに反して、なんとノマは自身の宣言通りに帰ってきたのだ。エルナを一人きりにした時間もそう長くもなく、寄り道をせずに目的だけ遂げてまっすぐにやってきたのだろう。

「えっ、ちょっと、え？」

そんな彼女は、メイドとしてエルナと引き合わせられたときよりもさらに混乱した顔つきで何度も口をぱくぱくとさせ現状を理解すると、まるでしゃっくりをするかのように「ひえっ」と声を出した。「な、なんで」と、突き出す指がふらふらと躍っている。

「な、なな、なんで、こんなにぴかぴかになっているのぉーーーーー!?」

エルナはただただ口を閉ざして、視線をあらぬ方向に向けることしかできなかった。

なんせ、回廊は光り輝いていた。

文字通りにぴかぴかだった。ノマがあまりの眩《まぶ》しさに、「ううっ！」と悲鳴を上げてのけぞるほどである。人通りが少なくあまり手入れをされていなかったといってもあくまでも城の一部だ。そ

こそこ程度にはもともと掃除はされている。それが、今まさに生まれたばかりですといわんばかりにぴっかぴかである。

エルナは思った。精霊やりすぎ。

「……恐ろしい！　輝きすぎて恐ろしい！　ひぃーっ！」

未《いま》だにノマは叫び続けているがとても気持ちはわかる。なんせぴかぴかだもの。綺《き》麗《れい》なことは素敵だが、ものには限度というものがある。

しかし当の精霊たちは見事なチームワークで成し遂げた成果にご満悦の様子で、ハムスター精霊を中心に互いにわっしょいわっしょいと胴上げを繰り返していた。そして楽しかったのでこれから定期的に城をぴかぴかにする会を開こうと話し合いも行われていた。

適度にしなさい適度に、とエルナが視線で精霊たちにツッコミを入れている間に、ノマは次第にわなわなと震えて、がばりとエルナを振り返った。

「これ、あ、あ、あ、あなたがしたの!?」

「い、いえ、そういうわけじゃ……」

もちろんエルナも必死に頑張ったが、ドラゴンパワーを使ったところで数の勝利で精霊たちに打ち勝つことはできなかった。なのでエルナが一人で行った、と言うのは横から彼らの努力をかっさらったようで気分が悪い。が、この場合イエスとしか返答ができないことも事実である。精霊が手伝ってくれました、なんて言えるわけがない。

そして相変わらず精霊たちはわっしょいわっしょいハムスターを担ぎ続けている。

『はんむじゅらぁあああ』

そろそろ悲鳴も聞こえてきたので、いい加減下ろしてさしあげて。

「なんというか、一人でしたと言われると違うんですけど、もしかしたら、そうかもしれないような……？　でもやっぱりなんていうか」

「だ、大丈夫なの!?」

「えっ、はい。はい？」

激しい剣幕でエルナよりも高い背を威圧的に伸ばし、ノマはつかつかとこちらに近づいた。なんだなんだと思うと、エルナの手のひらを横から勢いよくひっさらったのだ。

「あなた、水が苦手なんじゃないの!?　手のひらだって、こんな……！」

そのときのノマの様子は、エルナにとって随分不思議なもののように思えた。

ノマはエルナの手を握りしめようとして、けれどもひどく痛々しいものを見るようにそっと目を伏せ、柔らかく添え直した。

（……水が、苦手？）

たしかにエルナがカルツィード家にいた頃はローラや周囲の使用人たちに仕事を押し付けられていたから、男爵家の養女とは思えないほどに指先や手のひらはひび割れている。

今も短時間とはいえ一生懸命に掃除をしたため、割れた傷からは血が滲《にじ》んでしまっていた。

竜としての記憶が目覚めたといっても体は人のままだ。エルナの感覚からすると、人の体はなんとも脆《もろ》い。ぼんやりと自分の手を見つめつつ考えていると、ノマは怒ったように自身の服のポケットから何かを取り出し、エルナの肌に塗りつけた。

ぬとぬとした感覚にびっくりして、もしエルナに過去と同じくしっぽが生えていたのなら、鱗が逆立ち、じゃらり、じゃらん！　と大変な音が鳴り響いていたかもしれない。

「ひえぇ、こ、これ、これは……？」

「軟膏《なんこう》よ。よく効くんだから。お風呂に入るときにすっごく様子がおかしかったから、水を使う作業は私がしようと思っていたのに」

お風呂、というのはノマがエルナの世話をしてくれたときのことだろうか。たしかに湯船に入ることに慣れずに悲鳴を出して暴れてしまったこともあるが……。

「それなら、掃除道具を持つくらい平気なのに」

ノマに握られたままの手を見下ろしながら、思わずぽろりと声が出る。

ここまで話を聞いて、ノマがエルナにバケツを持たせなかったのは決してエルナを信用していなかったからというわけではないことに気がついた。大丈夫なの？　とエルナに尋ねた問いかけは文字通りの意味合いで、ただエルナを心配していただけだったのだ。

ノマの行動は、エルナからすると随分非効率なように思える。

エルナの独り言のような問いかけに、ノマはぱちんとトパーズ色の、まるで実りの秋のような瞳を瞬いた。

そうすると、エルナよりも背が高く大人びた顔つきが途端に可愛《かわい》らしくなる。

「ああ、そうよね。あなた、もう同僚なんだものね。そうか、お世話をしていた頃と同じ感覚でいたわ……。で、でもいきなりだったからよ！　言ったじゃない！　何をお願いしたらいいかわからなくてすっごく困ったって！　ぷんすかよ！　でも明日からは頼むことをちゃんと考えて準備するわよ！」

ノマはりんごのように頬を赤らめていて、ぶんぶん拳を振りながら早口でまくし立てた。

そんな彼女の様子を見ていると、エルナはぽろん、と目から鱗が落ちたように感じた。

もちろん、ただの比喩である。それだけ見える景色が変わってしまったように思ったのだ。

（……ああ、そうだ。ここはカルツィード家じゃないんだ）

今更あの家にいた人間を恐ろしいとは思わない。それでもエルナの内に染み付いた悪意に気がついた。それは、ときにエルナの視界を曇らせていたようだ。

だから払い落とすように、さっと服を手のひらで触って、だしっと足の裏で踏みしめた。

ノマは不思議そうに首を傾《かし》げたが、気にせず続ける。

「ごめんなさい。不思議に思ったなら、そのとき尋ねなければいけないわよね。気をつける。いえ、気をつけます……改めて挨拶をさせてください。ノマさん、いきなりで申し訳ないけれど、これからよろしくお願いいします」

「嫌だわ、今更敬語は嫌よ。もとはお世話をしていたお嬢様だと思うと変な気分になっちゃう。私もエルナって呼ぶから、こっちこそよろしくね。あと不思議に思って聞けなかったことがあるのは私も同じ。なんであなたが一緒に働くことになったんだろうってね」

そこまで言い切った後に、「でも大丈夫」とノマはふふんと頷く。

「お城なんて秘密の塊みたいなものだもの。お口を閉ざす術《すべ》はきちんと身につけてるわよ」

声をひそめていたずらっ子みたいに笑ったから、エルナも思わず吹き出してしまった。

「ありがとう、嬉しい……あ、あと、水は、ちょっと好きじゃないけど、ちょっとだから。普通にしてもらって大丈夫」

「そうなの？　それならいいけど」

二人で顔を近づけ合って、ないしょ話をするようにひっそりと笑っていたら、ハムスター精霊もやっと精霊たちとの集会を終えたらしい。ちゃかちゃかちょこっと四足で走ってエルナの足元に来たかと思うと、ぴょんっとジャンプして小さな爪をひっかけ服をよじのぼり、エルナの頭の上に落ち着いた。

ぴょこっと顔を覗かせた瞬間、「ひんぎゃ」とノマは口から飛び出た悲鳴を呑《の》み込むような仕草をした。

（しまった）

精霊のくせに、どうやらこのハムスターはエルナ以外にも自在に姿を見せたり、消したりできるらしい。今は丁度姿を見せている状況だった。

今更手のひらで隠そうとしても、もう遅い。

「かかかかか、かんわ」

ノマは目をうるませながらがくがくと震えていた。

ハムスター精霊はひくひくとピンクのお鼻を忙《せわ》しなく動かして、きょろきょろと辺りを見回している。

「かんわぃいいいいいいいいい！」

『ぢぢ？』

「ああ、そっち……」

ネズミとして追い出されないようでなによりである。

ふう、と安心した瞬間、「あら？　なんでみんなここにいるの？」「そっちこそ。私はノマに聞いて」「私もだけど」「あらあらあら」とわいわいとやってくる声が聞こえたので、エルナは今度こそささっとハムスター精霊を手のひらの中に隠した。

やってきたのはノマやエルナと同じようにメイド服に身を包んでいる三人の少女たちだった。それぞれが掃除道具を手に持ちながらこちらを見て首を傾げている。

「新人さんが来るから、困っているようなら手が空いたら助けてあげてって言われたから来てみたけど……ノマ？　もしかしてあなた、全員に声をかけたの？」

ハムスター精霊を見た後ですっかりとろとろになっているノマに対して、一人の少女が代表で声をかけた。新人、というのはもちろんエルナのことだろう。思わず瞬《まばた》きしながら自分自身を指さしてしまう。

ノマはハッとするように顔を上げた。

「え？　あ、え、え？　そう、うん。そうなんだけど、あらっ？　もしかしてみんな来ちゃったの!?」

「来ちゃったわよ……」

なんともいえない曖昧な表情で少女たち三人は笑っている。

「え、ええっと、その、もしかしたらみんな手一杯かもなーって。でも念には念をと声をかけすぎちゃったみたいね……？」

ノマのごまかし笑いに肩をすくめる同僚である少女たちにとってはそれこそ日常のようなものかもしれない。すごいな、と改めてエルナは感じた。こんな風に優しい縁を結ぶノマたちのことが。

エルナルフィアとしての記憶を思い出すまで、エルナは苦しさとは耐えるものだと思っていた。思い出した後でも、やっぱりあまりよくわかっていなかった。なのに、ふうと知らずに吐き出してしまった自身の息は不思議なほどに温かく、ハムスター精霊がエルナの両手の中でひくひくと動くものだから、少しだけくすぐったい。

「ノマのおっちょこちょいはいつものことよ！　さっ、せっかくみんな来たんだもの。さっさとお掃除しちゃいましょう！　新人ちゃん、先輩たちの手ほどきを存分に受けるがいいわ！」

「あの、それなんだけど……」

年長らしきメイドがぐい、と袖をまくる仕草をしつつ気合を入れた言葉に、ノマはおそるおそるといった様子で声を上げた。

「必要、なかったみたい……」

どういうこと？　とメイドたちが瞬き、ノマの視線の先を見る。瞬間、全員が目を覆った。何かさっき同じような光景を見たような気がする。

「こ、怖い！　光り輝きすぎて怖い！　なんなのこれ、ひいい！」

そしてさっき似たようなことを言われたような気がする。

「なんで気づかなかったのかしら!?　そう、輝きすぎて、光と一体になっていたかも!?」

「多分それ！　そうに違いな……待って、まさかこれ、新人ちゃんが!?」

さすがに言い過ぎなのでは、と盛り上がる周囲に反して静かにぼんやり立ち尽くしていたエルナだったが、唐突に集まった視線にびくり、と肩が跳ねた。なぜかエルナの隣ではノマが自慢げに胸をはっている。

ノマには肯定してしまったが、実際に掃除をしたのは精霊たちだ。さすがにこれ以上自分の手柄にするのは気が引ける……とエルナは反射的に否定しようとした。

「いえ、ちが……」

「そうなの、すごいでしょ！」

が、ノマにさえぎられた。さっきからこればかりである。

わっと沸き立つメイドたちにエルナはもみくちゃにされ、思わず手の中のハムをかばうために両手を上げた。目を白黒させるしかない。

「どうやって？　どうやってこんなに綺麗にしたの!?」

「そもそもすごすぎ！　一人でしたってこと!?」

きらきらと輝く少女たちの瞳を前にして、一体どう返答すればいいのか。かといって、自分でしたともちろん言いづらい。

「あの、いえ、その……。う、うう」

「なんで褒められる度に顔が青くなっていくの……!?」

なので最終的に、ちょっと心配されてしまった。

「いきなり大勢で囲むのはやめてあげて。まだ初日なんだから」

言い淀《よど》むエルナの前にささっと両手を広げてノマはかばってくれたが、「私がみんなを呼んだせいでもあるんだけど!」と自嘲的でもある。もちろん間違いではない。

「あら。でもそうね……。ちょっと私たちもいきなり過ぎたかも。でも、エルナだったかしら? あなたのこと、すっごく気になっていたんだもの」

メイドたちは掃除道具を握りしめながら、うんうんと頷き合っている。気持ちはわからないでもない。今まで世話をしていたはずの人間が、なぜかメイドになろうというのだから。奇妙に感じるのは無理もない。

「だって、ヴァイド様とこっそりお会いになってるんでしょ!?」

「こ、こっそりって……」

しかし、メイドたちが気にしているのはまったくそこではないらしい。ヴァイド様、とはもちろんクロスのことで、隠れて会っているつもりはなかったのだが、傍《はた》から見るとそうではなかったのかもしれない。ノマの背中からぴょこりと顔を出して困惑すると、はわ、と一人のメイドが口元を手のひらで覆った。

「こ、こうして見ると、小柄で可愛らしいのねぇ……」

誰のことだと問いかけたくなったが、もちろん文脈的には想像できる。可愛らしいはともかく、エルナは使用人としてまともな食事を与えられることもなかったから、一般的には小柄なことに違いない。

照れた気持ち半分でエルナは「んんっ」と喉を鳴らし視線を揺らしたが、その仕草さえもメイドたちはほんわりと表情を緩めている。

「とうとうヴァイド様にも春が……。私たちが心配するだなんて本来ならあまりにも失礼だけれど、あんなにも男前で誰にでも平等なお方なのに、平等すぎて女性の影すらないことが本当に心配で」

「よかったわ、本当によかったわ……」

「あっ、でももちろんここだけの話にしておくわよ！　お口は常にチャックしておくわ！」

三人のメイドたちは、それぞれポーズをつけつつ、ぐいっと親指を突き出して、『おまかせあれ！』と声をそろえている。「え、はあ……」とエルナはのけぞりながら数秒後、小さな声を出した。

「あの、みんな仲がいいんだね……？」

「そう。血のつながりなんてまったくないのに三人姉妹って呼ばれてるくらいだから」

と、ノマが答えてくれた。あまりにも息がぴったりでちょっとだけ、いやすごくびっくりした。

呼ばれてなぜだか嬉しそうにしている三人姉妹のメイドだったが、エルナの手の中で苦しそうにしていたハムスター精霊がとうとうぴょっこり鼻から飛び出てしまったとき、しまったとエルナはきゅっと口を閉じた。同時に三姉妹は息を呑み込み、そして。

「か、可愛い！」

「すごくいい！」

「ひまっ、ひまわり、探さなきゃあ！」

さっき同じ流れをどこかで見たぞ、とエルナは考えた。エルナの手のひらの上で、ハムスター精霊は短い首をもふりと傾げていた。


こうしてハムスター精霊はひまわりの種をメイドたちからもらい受けることができる立場を得たのだった。

困ったことはないかと定期的に尋ねてくるコモンワルドの動きは相変わらず直角で、年相応とは言い難い動きである。

「メイドたちは、みなとても面倒見が良いでしょう」と、ほほりと笑っていたから、どうせこうなることをコモンワルドはわかっていたに違いない。

少し騒がしいほどの賑《にぎ》やかさを思い出して、「ええ、本当に。皆さんとっても優しくて……楽しいです」とエルナの口からこぼれた言葉はとても正直な気持ちだった。エルナ自身でさえも少しだけ驚き、わずかな恥ずかしさ以外にほんのりとした温かさを胸の内に感じた。

ところで、とエルナはおそるおそる、コモンワルドに今回の騒動のあらましを伝えた。

精霊に関しては隠しておいた方がいいとアドバイスをもらった手前、少しばかり言いづらい。

が、コモンワルドは「むふう」とくるんとした髭をなでながら、「精霊があなたに惹《ひ》かれることは、仕方のないことやもしれません。ならば無理に隠すのではなく、流れるままに。ただ自由に日々を過ごす方がいいやもしれませんな」

——難しいことを言ってくれる。

人として生きていくのは、中々に大変だ。けれど、だからこそ。

エルナは、人に生まれ変わったのかもしれない。

# 第四章　鮮やかな記憶。忘れられぬ物語。

Wizrain Kingdom Story

かりかり、かりかり、と聞こえる音はハムの本日のおやつである。

精霊なのでご飯は不要なはずだが、それはそれ。髭《ひげ》と一緒にほっぺたを小刻みに震わせながらひまわりの種の端っこを歯で横に剝ぎ、取り出した中身を頰袋の中にするりいそいそ詰める様は器用としかいいようがない。

「ああ、詰めすぎてこぼしてる……そんなところも可愛《かわい》い……ふくふくしてる……ふっくふく……」

ノマはうっとりと自身の両手を握りしめつつハムを見つめて、すぐに首を横に振った。はたきを取り出し中断していた作業に戻る。ノマの真面目さを、エルナはもうすっかり理解していた。

あけっ放しにしていた窓からはふわふわと埃《ほこり》が飛んでいく。エルナは口布をずらし、けほんと一つ咳《せき》をした。

窓の外を思わず見つめていると、しみじみとノマが呟《つぶや》いた。

「いい、天気よねぇ……」

「うん、本当に……」

窓の外には雲ひとつない青空が広がり、白い王宮の壁をさんさんと太陽が照らしていた。

――エルナがメイドとして王宮で働くようになり、いつの間にやら、早一週間。

まずは仕事に慣れるため、と最初は色々な仕事や場所を転々とすることになった。誰が、どこで何をしていてどこに何があるのかと、まずは場所の把握に努めようとして最終的に行き着いたのが各部屋の掃除だ。ノマはエルナへの説明がてら城の中の数ある部屋を一部屋一部屋確認していき、文字通りあまり日の目を見ることがない部屋の窓をあけ、風通しをよくする。ついでとばかりに積もった埃のお掃除だ。

庭がすぐそばにあった回廊とは違って室内までは精霊がやってくることも少ないため、エルナは想像よりもずっと平和に日々を過ごしていた。

「うん。換気はもうそろそろいいかな」

ノマが満足げに頷《うなず》いている。二人の頑張りにより、部屋の中はぴかぴかになっていた。

エルナはつけ直していた埃よけの口布をもう一度ずらし、片手を窓枠にかけた。

人が小さく見えるほどの高い窓から外を見下ろしてみると誰もが忙《せわ》しなく行き交っていて、城内は驚くほどたくさんの人間が過ごしていることがわかる。

「おお……」

「おっわーーー!?　エルナ、あなた何してるのよー!」

半身を乗り出すようにして外を見ていたエルナの小柄な体を、ノマは悲鳴を上げながら部屋の中に引きずり込んだ。

「何階だと思ってるの!　落ちたらどうなるかわかってるの!?」

「え?」

「え?　じゃないわよ、落ちたらぺしゃんこよぉ、鮮血のウィズレイン城の出来上がりだわぁ!

勘弁してよねぇ！」

「ああ」

ごめんごめん、とどうしても軽い調子で謝ってしまうエルナをノマは胡乱《うろん》な目つきで睨《にら》んでいる。

エルナは苦笑しつつ、改めて部屋の中を見回した。シックな色合いの調度品は、まるで時間を忘れていたかのようにじっと静かに佇《たたず》んでいたのだが、明るい光の中で息を吹き返したかのようだ。

「……この部屋、他のところとはちょっと様子が違うね。全体的に落ち着いているというか、立派なのに、あまり人が入った様子がないというか」

「もとはお勉強部屋らしいわよ。殿下が大きくなられてからは使われていないんじゃないかしら」

「……殿下？」

「陛下の弟君様の話ね。あとは王女様もいらっしゃるけど、側仕《そばづか》えならまだしも私たちがお会いする機会なんてそうそうないものね。ええっと、お名前は……ジャンヴァイドフェリオラ……ええっと」

どうやらまだその後にも続く名前があるらしい。ノマは眉間に深いしわを刻んで人差し指でこめかみをぐりぐりしていたが、そのままぴたりと止まってしまった。

「え、ええっと……」

「やっぱり王族の人たちは名前が長いんだね」

「ごめんなさい、城のメイドとして勉強不足よね。コモンワルド様に後で確認しておく」

「私が聞いておくよ、気になるし。でも途中までは間違いないんだよね。ジャンヴァイドフェリ……ああ、違う、待って、覚える」

ぶつぶつと口の中で呟きつつも、「絶対に、覚えてやる……」と聞きようによってはなぜか恨みがましくも見えるエルナの口調にノマは首を傾《かし》げていたが、実はクロスの名前がめちゃくちゃ長かった事件は今でもエルナの記憶に色濃く残っているのだ。

それにしても、王女とは。

つまりクロスには殿下と呼ばれる弟と妹、もしくは姉がいるということだろう。

まるで寝耳に水のような気分だった。ヴァイドには兄弟はいなかったのに。けれど、クロスとヴァイドは同じ記憶を持っていたとしても別の人間なのだから当たり前だ。

部屋の壁には、大きな地図が貼られていた。

勉強部屋ということは、これもきっと教材の一つなのだろう。茶色く黄ばみができた布の端は少し剝がれてしまって、セレストリア大陸、と文字が書かれた下には猫が大きく伸びをしたような形の大陸があり、さらにその中に詳細な国の形と名が書き込まれている。

ふと、エルナは眉をひそめた。

「随分、小さいな……」

「小さいって、何が?」

「え、いや。その。この地図、間違ってない？　ほらここ。マールズ地域。ここってウィズレイン王国の所有でしょ」

エルナが指を差した先には、別の国名が記載されている。

「別に間違ってないわよ。マールズ地域がこの国の所有だったなんて、ずっとずっと昔のことじゃない？　ウィズレイン王国はもとは帝国から独立してできた国だから、東にはアルバルル帝国、西には聖王国と強国の間に挟まれているでしょ。この国を守護してくださっていたエルナルフィア様がお亡くなりになってからもう随分な年月がたってしまっているもの。他国との衝突でなんだかんだと毎年、国土は少しずつ削られてるわ」

この地図も古いから、実際はもう少し小さくなっているかもねと付け足された言葉を聞いて、エルナはただただ目を丸くして、何も言えなくなってしまった。

「……エルナ。ねえエルナ？」

「な、なあに」

びっくりしすぎて、呆然《ぼうぜん》としたまま壁に貼られた地図を見上げていた。

呼びかけられて、跳ねるように振り向くと、ノマは小首を傾げている。多分、もう何度か呼ばれていたのだろう。まったくもって耳に入ってこなかった。ごくん、と唾を呑《の》み込み、パチパチと瞬《まばた》きしながら見つめ合う。奇妙な空気が流れていた。

ノマからすれば当たり前のことに、話を聞いて声が耳に入らぬほどに仰天しているエルナは、そりゃあ不思議に違いない。

「……なんというか、こんなことを言うのはあれだけど」

ふと、ノマが言いづらそうに、そして意外そうに、ぽつりと。

「エルナって、案外知らないことが多かったりするのね」

「……むしろ、知らないことしかないかもしれない」

エルナはむっつりと座り込み、街を歩く人の流れを見つめた。

掃除の次はお使いを頼まれ、今に至る。まだ王都には慣れていないだろうとノマは心配していたが、別に初めての場所ではない。世話好きのノマは数日前にエルナに街の中を案内してくれていたし、もともと街のことならすべてわかっているつもりだった。

だから心配性の同僚が自分もついていこうかと提案してくれたときも、どうしても呑み込むことができない感情があったから、大丈夫と伝えて意気揚々と進んだ。

……そしてまったくだめだった。

いつの間にか天気も曇り空になっている。晴れの日が大半のこの国では珍しいことで、まるでエルナの気持ちを空に写し取っているかのようで、なんだかもやもやする。

こぼれそうになるため息を抑え込みつつ石畳の階段に小さくなって座っていると、堪《こら》えていたはずのため息が口から重々しく溢《あふ》れてしまう。別に、疲れているわけではない。

「……知らないうちに国が小さくなっているわ、逆に王都は立派になっているわと……」

あまりにもたくさんの変化についていけないだけだ。

もちろん、エルナルフィアは見上げるほどの大きさの竜だったから、こんな風に直接二本の足で街をさまよったことはない。

だから知っていることは人よりも少ないかもしれないけれど、王都の空はいつでも彼女のものだった。家も、店も、広場も、花も、木々も、どんな小さな変化だってエルナは大きく真っ青な瞳の中に映して、王都の空をいつもガラスの輝きや音で満たした。

——けれどもそれは、エルナルフィアだ。エルナでは、ない。

そう、わかっているのに。

どれだけ瞳を細めて見上げたとしても、そこに竜の姿はない。

灰色の、重たい雲が流れていくだけだ。

「……天気が、悪い」

「悔しいな」

言葉にしてさらに情けなくなってしまう。

とうとう言ってしまった、と自分自身に呆《あき》れた。

エルナは貴族としては名ばかりだ。美しいと評判だったエルナの母は身重のままカルツィード男爵のもとへ使用人同然の妾《めかけ》として下り、そこで生まれたエルナは同じく使用人として扱われた。

母の死後は養子としてカルツィードの名を与えられたが、結局扱いは変わらず、むしろさらに悪くなった。だから国や王族の事情など知る機会さえもなかった。

……でも、そう思うことはただの言い訳ということも理解してはいた。

「私は、ヴァイドのことならなんでも知っていると思っていたんだよ」

誰に話しかけているつもりもなかったのだが、エルナの服のポケットから、ハムスターの精霊がちょこんと顔を出して、鼻の頭をぷひぷひと動かしている。聞いてくれる誰かがいるのなら、少しだけありがたい。

「そう、知っているって思ってたはずなんだ。でもヴァイドはもういない。私は竜じゃなくて、ただの田舎者で、王様に兄弟がいることも、自国の国土のことさえもろくに知らない……粗忽者《そこつもの》で」

ノマに城の中を案内される度に、この場にいる誰よりもこの国を知っているのは自分なのに、と中途半端なプライドが黒い感情を伴って耳元でささやく。けれどもエルナが記憶の中で知っている城はもう何百年も昔のもので、改築や増築を繰り返された今の城など、もはや別物に違いなかった。

――俺は、ヴァイドであるが、クロスだ。お前もエルナルフィアでもあり、エルナでもある。同じ名を継ぐ必要はどこにもない。そして、俺たちが同じ関係である必要もない。

クロスはエルナをぐるぐると持ち上げ、そう言った。

彼の言葉はエルナの胸の奥底にじっくりと染みて、今も忘れることはない。

けれどなるほどそうですか、とすぐに頷けるものじゃない。

「こんなの」

ぽつり、と石畳に丸いあとがつく。

「ただの迷子だな……」

ぽつぽつ、ぽつぽつ……。

小雨が石畳を濡《ぬ》らし、丸いあとをいくつも作っていく。人として生きることの難しさがじわじわと実感を伴い、エルナの体を雨とともに冷やしていった。

道を歩いていた人の姿も段々と見えなくなり、お前がいると雨の中にでもいるみたいだと過去に伝えられた言葉が、今では暗く重たいもののように感じてしまう。

『ハムハム。文字通り、ただの迷子でがんす』

「状況を冷静に伝えないでくれないかな」

座りながら膝の間に顔を埋《うず》めたまま呟く。

思わず現実に引き戻されてしまった。顔を上げて、辺りを見回す。

目的地どころか現在地も把握しておらず、右も左もどころか北も南もわかっていない。

『ピンチでごんす。ぷひぷひ』

「新たな語尾を増やさんでよろしい……だめだ、こんなことしてる場合じゃない」

落ち込むことは仕方ない、と思う。でも座り込んで、びしょ濡れになりたいわけでもない。

まずはどこか軒下に避難をして道を聞こうと、よしと勢いづいたとき、ふいに頭の上が暗くなった。エルナのポケットから顔を覗《のぞ》かせていたハムスターは慌てたように潜り込む。

目の前には小柄なエルナよりもさらに小さな淡い桃色の髪の少女が、こちらに傘を差し出したまま、人懐っこい笑みを浮かべていた。少女の肩越しに見える暗い空とはどうにも不釣り合いだ。

「お姉さん、もしかして雨宿りは必要かな？」

石畳の上を降りそそぐ雨がさらにぽつぽつと、道を黒く染め上げていく。ざあざあ、と次第に音は大きく、王都の街を塗り替えていった。

「さあさ、お姉さんどうぞどうぞ。うちは誰でも歓迎だからね」

女の子がぴょこぴょこと跳ねると、高い位置でくくった髪の毛も一緒に揺れた。大人びた口調だが、年は十かそこらだろう。ぱちぱちと忙しなく瞬く瞳が可愛らしい。

女の子に案内されるままについた場所は、なんと教会の中だった。

高い天井を支える柱には竜の浮き彫り細工がある。思わずエルナは声に出さないまでも、じっと見上げてしまう。

「うちはエルナルフィア様を祀《まつ》っているから。タオル、取ってくるからね！」

「え、あの」

女の子はそう言ってぽたぽたと雫《しずく》が滴る傘をエルナに渡し、ぴゅんっと姿を消してしまった。なんとも素早い。声をかける暇すらなく、エルナが差し出した片手が切なく揺れる。

「修道女……では、ないか」

もしかすると、孤児として教会に面倒を見てもらっているのかもしれない。教会と孤児院が併設しているのはよくあることだ。あとは司祭が個人的に孤児の面倒を見ている場合もある。エルナルフィアは子ども好きだから、という理由らしいが、たまに空を飛びながらしっぽを振ってやったくらいしか思い当たることはない。

（そういえばハルバーン公爵も、エルナルフィア教だって言ってたな……）

エルナを養子にすることを提案した声も体もでかい男のことである。

まさかこんな風に早々に関わる機会があるとは思わなかった。

頭の上からはしとしとと雨音が響いている。だからだろうか。暗い室内は人気《ひとけ》もない。

薄暗い室内には長椅子がずらりと入り口に背を向けて並んでおり、いつもならば多くの人が座って竜のオブジェに祈りを捧《ささ》げているのだろうか……と考えるとなぜだか妙に気後れする。本来なら明るい光を取り込むことができるはずの色づいたガラス窓も、今はぱたぱたと雨に叩《たた》きつけられている。

ぶるり、と寒気がしたと思うと、「ぶくしゅっ」とくしゃみが飛び出た。口元を押さえたエルナの肩がぴょん、と跳ねる。

「冷えたからかな……人の体は簡単にだめになる」と、ハムスターを入れているポケットとは別の場所からハンカチを取り出しぽふぽふと顔に当てつつ眉間にしわを寄せる。

ご覧の通りエルナは体質的に雨があまり得意ではない。だから桃色髪の女の子に屋根がある場所へと案内してもらったのは実はとてもありがたかった。そして仮にもエルナルフィアを祀っている場所だ。少しは関わりも深い……はずが、奇妙に心の距離が遠い。まるで他所《よそ》のご自宅である。いや文字通りそうなんだけども。

「でも、なんだろう、何か……」

「カカミ、帰ってきたのかい？　それとも、どなたかいらっしゃるのかな」

反射的にポケットの中から顔を覗かせようとしていたハムスターの頭を、持っていたハンカチごと、ぽきゅっと押した。

『ハムぎゅっ！』

あとで謝らねば、と思いつつもエルナは暗がりから姿を現した男を見上げた。

初老の、丸眼鏡がよく似合う柔和そうな男だ。背丈は高いわけでもなく、けれども低くもなく。顔に刻まれたしわはその人の人柄を表しているようで、口元は柔らかく微笑《ほほえ》んでいる。

カカミとは、先程の少女のことだろうか。

「おや、見ない顔ですが……カカミのお客様でしょうか」

男はエルナが手に持つ傘を見て、そう判断したらしい。

「いえ、その……」

客、というには少し違うようにも感じてエルナは曖昧に返答した。そして老人が着ている白い司祭服を確認し問いかけた。

「教会の司祭様でいらっしゃいますか」

「ええ、そうですとも。エルナルフィア教は、どなたにも門戸を開いておりますよ。もしよければ、あなたも」

「ああ、はは……」

自分で自分に祈るところを想像するとなんともいえない気分だ。エルナルフィアという竜を大切にする彼らを否定したいわけではもちろんないが、困惑する気持ちはどうしても消えない。エルナのそんな様子を司祭はどうやら思い違いしたようで、ゆっくりと微笑む。

「考えてみれば城で働く方がわざわざこんなところまで来る必要はありませんね。ウィズレイン城には本物のエルナルフィア様がいらっしゃるとのことですし」

どくん、と心臓が跳ね上がってしまった。

「こんな教会で祈りを捧げるよりも、よっぽどお近くにいらっしゃる。いえ、まだエルナルフィア様であるとはっきりと決まったわけではないと聞き及んでおりますが……竜の鱗《うろこ》を握っていらっしゃったのだと伺いました」

そこまで聞いて、彼はエルナではなく、ローラのことを話しているのだと気づいた。

司祭はエルナが袖を通している服を見て、どこからやってきたのかということがわかっていたのだろう。白いエプロンドレスは雨に濡れてしっとりしている。

「そう、らしいですね。ただ私は、よく知りませんが」

「城の方もそうなのですか……。実は私も司祭という立場ですので、小耳に挟んだだけなのですよ」

すでにローラは城にはいない。カルツィード男爵家への調査のため、そしてエルナルフィア詐称の罪でしかるべき場所に移送されたと聞く。

ただし、そのことを知るのはまだ一部の者たちだけだ。

カルツィード家の調査が終わり次第、時期を見て公表されるのだろうが、多くの令嬢の前で自身が竜であると主張したローラの噂《うわさ》をかき消すことはできなかったため、表向きには『エルナルフィアかどうかは仮のまま、ローラはカルツィードの地へと戻った』ということになっているらしい。

「もし本当にエルナルフィア様が転生なさったというのなら、ぜひとも教えていただきたいものなのですがねぇ。一体なぜ、こうもはっきりとさせないのか……」

「はは……」

「おっと、エルナルフィア様を待ち望むあまりにこんなことを。失礼しました」

なんとも言えずに曖昧な返答ばかりを繰り返していたから、「お姉さん！」と大きな声を出して飛び込んできた少女——カカミという名前なのだろう——を見て、ほっとした。

カカミは司祭を目にすると、「私のお客様！　雨宿りにお誘いしたの！」と早口で説明して、タオルを差し出す。

カカミの勢いに押されつつも、ありがたく受け取る。代わりとばかりに、借りていた傘を渡すと、「持っててくれたのね、ありがと」と逆にお礼を言われてしまった。

「ううん。お礼を言うのはこっち。道もわからないし、雨も降ってくるし、正直すごく困ってた。あのままじゃ濡れネズミ……いや、濡れハムになってたかも」

「大したことはしてないよ。うちは迷える子羊はいつでも歓迎だもの」

「あなたの名前、カカミっていうの？」

「そうだよ。カカミ。お姉さんは？」

「エルナ」

「いい名前！」

カカミはにかっと白い歯を見せて、ぴょこんと元気に飛び跳ねたから、エルナはきょとりと瞬いた。

それから、勝手に自分の口元がほころんでいることに気づいた。

「この傘、すごく不思議だね。太陽の下じゃなくて雨の下で使うなんて初めて見た。面白いな、王都じゃ流行《はや》ってるの？」

「違うね、私が流行らせたいと思ってるの。すごいでしょ？　傘は陽《ひ》の光で焼けないために差すものだけど、雨に濡れないことが目的だからね。布も普通とちょっと変えてあるの。王都は雨が降っても小雨だから濡れてもあんまり気にする人はいないけど、こういうのがあってもいいと思うんだぁ」

そして「ぱかっ！」と言いながら傘を開き、飛び散った雫で顔を濡らした司祭は、「やめなさい」とたしなめている。賑《にぎ》やかな女の子だ。

カカミはぺろりと舌を出して肩をすくめた。それからすぐに大きな瞳をくるくるさせ、エルナを見上げ小首を傾げる。

「エルナさん、道に迷ってたんだね。――それで、どこに行きたいの？」

もちろん、彼女にしてみれば何の気なしに問いかけた言葉なのだろう。

なのに問いかけられたエルナからすると、まるで雨の中で一人きりでいるような気にさえなった。

眉を寄せて、顔を伏せる。けれどもエルナよりもカカミの方が背が低いから、なんの意味もない行為だった。

カカミは「ううん？」とまるでいたずらっ子のような顔をして、「あ、まさかエルナさん」と、にまりと笑いながら自分の口元に人差し指を乗せる。

「もしや照れているのだね？　やだなぁ、人にものを尋ねることは、別になーんにも恥ずかしいことじゃないんだよ。どーんと人に聞いたらいいんだよ、どーんとね！」

息を呑んで瞬いてしまったのは、少女の言葉が意外にも真実を灯《とも》していたからかもしれない。

エルナは唇を噛《か》みしめて、考えた。

（そうだ、私は、恥ずかしい――そう、考えていたんだ）

自分の方が、ずっとこの国のことを知っているのに。街のことや、城の構造だってわかっているはずなのに――それなのに、長過ぎるほどの時間は国を、人を変え、場所を変え、エルナが知るすべてを変化させた。

ノマが親切で教えてくれているということはわかっている。けれども、ノマの親切を感じる度にエルナの胸の内には渦巻くものがあった。

恥ずかしいし、悔しい。

この国のことを。エルナルフィアを愛してくれている彼らを、何も知らないことを。

「……サンフラワー商店、というところに行きたかったんだけど」

「そこなら知ってるよ、すぐそこだよ！　教会を出て、まっすぐに行ったら大きな看板があるからすぐにわかると思う。案内しようか？」

「ううん、ありがとう。日が暮れる前に戻りたいから、そろそろ行かなくちゃ」

エルナのポケットの中ではハムスター精霊が、エルナにしか聞こえないように小さな声を出してごそごそと何かを主張している。

『近くにいけば、匂いでわかるでごんす』

随分鼻がよろしい、と思うと、『隣が花屋でごんした。ひまわりの種は芳醇《ほうじゅん》な香りでがんす』と、鼻の先だけ出して、ふんすーふんすーとうっとりしている。中々に強い。ひまわりの種が。

それはともかく、とエルナは借りたタオルを返して、すっかり小雨になっているらしい外をガラス越しに見つめた。

「ええっ。エルナさん、もう行っちゃうの？　そうだ、傘を貸してあげる」

「小雨だしすぐにやむよ。わかるんだ。絶対に、またお礼に来るね。今度は道を忘れないから」

「やだなあ、大げさ！」

「お気をつけくださいい。エルナルフィア様は雨を好まれなかったと聞いております。不浄なものと忌み嫌っていらっしゃったとのことですから」

カカミと話している最中にかけられた司祭の言葉をエルナは不思議に思った。けれどもう随分時間を使ってしまっていたから、ぺこりと頭を下げてそのまま飛び出そうとする。

そのとき、ちょい、とカカミがエルナのスカートを摑《つか》んだ。つんのめって、びっくりして振り返ると、彼女は不安そうに瞳を揺らしながらエルナを見上げていた。

「ねえ、エルナさんはお城の人だよね。その……」

そこまで言って、首を振る。

「……どうかした？」

「ううん、よかったら、また会おうね。エルナさんが、迷子じゃないときに！」

返事は、思わず苦笑してしまった。

「……そうだよね、カカミに会えてよかった。そうじゃなきゃ、ずっと迷ってたかも。ありがとう」

そう言うとカカミは大きな瞳をぱちん、と瞬いた。

ぱちぱち、と瞬きを繰り返した後ににこりと笑ったかと思うと、すぐにさっと表情を曇らせた。

どうしたのだろうと不思議に感じたエルナがしゃがむと、カカミは逡巡《しゅんじゅん》したのち、エルナにしか聞こえないくらいに小さな声を、そっと耳元でささやく。

「……あのね。私もね、頑張らなきゃいけないことがあるの。応援してくれる？」

先程までとは打って変わってとても自信がなさそうにして、カカミはくくった髪までしょんぼりと垂れているように見える。

だからちょっとでも元気を出してもらいたくて、「もちろん」とはっきりと答えると、カカミは可愛らしく頬を緩めた。

そんな彼女の顔を見るとなんだか嬉《うれ》しくなって、エルナは手を振りながら飛び出した。

雨で消えていた人たちも、ちらほらと街の中に戻ってきた。

「本当に。人として生まれ変わってから、心は揺れるばかりだ」

小さな声で呟いた。そして、まっすぐに前を向いた。教会を背に、エルナはぽんっと足を踏み出した。

いつの間にか流れるように雲は消え、真っ青な空が見える。ぽん、ぽんっ！　大きく進んで、濡れてしまった服もエルナが歩くほどに乾いて、ふわりと柔らかくスカートの裾が翻った。

エルナが飛び跳ねるようにお使いを終えて城に戻ると、「エルナ、あなた一体どこに行っていたの！」と飛び込んできたノマの眉はぷんぷんとつり上がっていた。

しかし言葉の割にはどうにも勢いがなく、すぐに泣き出しそうな顔になり、短い髪の端をぴよぴよと跳ねさせるように体を上下にしてしょぼくれ始めた。

「どこって……そうよね、わかってるの、お使いよね。頼んだのは私だもの！　でも帰りも遅いし、雨も降ってくるしで、もうもう、もうもう」

「あのね、道がわからなくなっちゃったんだ」

案外するりと言葉が出たことに驚いた。今朝までの自分なら、嫌なプライドが邪魔をして適当にごまかしてしまっていたかもしれない。

ノマはぴたりと動きを止め、エルナの顔を呆然として見つめた。

ちょっと気まずいな、と思うと、「そうよね！」とノマは叫んだ。

「そうよね、王都に来て日が浅いんだものね！　地図くらい、描いて渡すべきだったわよねぇ〜〜！」

「え、いや……」

後悔のあまりに歯ぎしりまでしそうなノマを見てエルナは小さく笑ってしまう。

ポケットの中からお昼寝をしていたらしいハムスター精霊が『……んごっ！　ふごっ』と寝ぼけて顔を出している。外は昼寝をしたくなるくらいにぽかぽかな天気に変わっていた。

「……ごめんね、ノマ」

「えっ、なにが？」

ノマはぱちっと大きな瞳を瞬いて首を傾げた。その様子がカカミととても似ていて、エルナは少しだけ楽しくなってしまったが、そんなことはもちろん知らずにノマはエルナの体全体をぱんぱんと叩き始めた。

「それより濡れてない？　濡れてないわよね、あれっ、ほんとにちっとも濡れてないわね!?」

「ああ、お使いの品はきちんと厨房《ちゆうぼう》に届けたよ、そっちは濡れてないから大丈夫……」

「それはいいのよ！　いやよくないけどいいのよ！」

すったもんだである。誰もいないから気が緩んでしまっているといえばその通りで、だからといってこれはよくない、とお互いに顔を見合わせて口を閉じた次の瞬間。

「あ！」

エルナが濡れていないか全身を確認していたノマの視線がエルナの足元で止まり、何事かと驚くと彼女は素早く何かを拾い上げた。

ただの木の板のようだが表の面には細やかな文様が刻まれていて、上部にあけられた細い穴からはちぎれた飾《かざ》り紐《ひも》がだらりとぶら下がっている。

「こ、これっ、証印じゃないの！」

「……しょういん？」

「城の兵士が一人ひとり持たされている自身を証明する印だけど、ああ、ちぎれてる……」

すぐさまハッとしたようにノマは顔を上げて、城の窓から顔を覗かせた。

「いた！　ほら、あそこ！　あそこにいるのがさっきまでここにいた兵士！　雨が降ってきたから城を包む法術の確認をしなきゃってさっきまで点検してて今は外に……こらー！　忘れ物よー！」

ノマが大声で叫ぶと、兵士は立ち止まりきょろりと周囲を見回した。

灰色の髪の青年のようだが、こっちから見えてもあちらからわからなければ意味がない。

どこから声がしたのかわからなかったのだろう。兵士は首を傾げて、ぽくぽくと遠ざかっていく。

「あーあ……」

ノマの手に握られた飾り紐が、ぷらりと虚《むな》しく揺れた。窓から覗くと兵士は遠く、小指の先のような大きさだ。伝わらないのは無理もない。

「……これがないと困るの？」

「そりゃ困るんじゃない？　身分証明以外にも門を通る許可でも証印を使うから。でも落としたところで本人にしか使えないように魔力を馴染《なじ》ませてるって聞くし、悪用できるわけじゃないから別に後で渡しても」

と、ノマが説明したとき。

エルナはひょい、と窓枠に足をかけた。「え？」と不思議そうな顔をするノマの手に握られていた証印をするりと引き抜き、そのままぽんっと。

「え、あ、え、え？」

「じゃ、届けてくるね」

体を、宙に放り投げた。

「うそ。え、え、え、エルナーーーー!?」

ノマが掻《か》き抱くように両手を伸ばしたが、もちろんそんなものは届かない。すぐさま、エルナの頬を冷たい風が叩きつけた。

――もう、エルナは空を飛ぶことはできない。

エルナの全身を、激しい風が叩きつけた。両手と足をぐっと広げ、風の抵抗を大きくする。スカートの布が足に張り付き荒れ狂い、頭にかぶったキャップは呆気《あっけ》なく吹き飛んでいく。

『ハムッ!? ハムムムムムゥーーーーー!』

「大丈夫」

ポケットから滑り出てしまったらしいハムスター精霊は、小さな爪をエルナの服にひっかけばたばたと風の中を泳いでいたから、手を伸ばして助けてやった。

ひょおう、ひょおう。響く風の音は、まるで他人のようだった。懐かしさなど、どこにもない。

エルナの体は小さく、風の中を引き裂くにはあまりにも頼りない。だから、そう。

とにかく、寂しい。

変わってしまったみんなが寂しい。

もう会えない彼らを思い出す度に、胸が苦しい。

ぐんっとエルナは壁面を両足で蹴りつける。そのまま体をねじり、隣の塔の壁に着地する。さらに蹴り上げ少しずつ高度を落としていく。

悲しくて、寂しい。けれど、それは。

――俺たちが同じ関係である必要もない。

（うん。……そうだ）

クロスの言葉は、エルナにとってまるで薬のようだ。何度も、何度も思い出して、胸の内にある大切な小箱の中にこっそりとしまい込んだ。

エルナがとうとう細い両足で地面に着地したとき、灰色髪の兵士は尻もちをついて「はわ、あ、あ、あ、あわわ……」と口をぱくぱくとさせていた。なんだか表情に愛嬌《あいきょう》のある青年だ。

「落とし物です。どうぞ」

「いや、今、上から、上から……？　上から……」

「大切なものなのかなと」

こっちの方が早いのでと伝えるエルナの頭上では、ノマが何かを叫んでいる声が聞こえる。遠すぎて何を言っているのかわからないけれど、あれだけ危ないと言っていたはずなのに上半身を乗り出して、ぶんぶんと拳を振りかぶっていた。なんだろう。なんとなくだけど、あんまりよくない雰囲気な気がする。具体的にいうと怒っているような感じ。

どうしたのかなとぼんやりと考えて、やっとこさエルナは今の状況に気がついた。

それから居心地悪く頭の後ろをぽりぽりとかき――ちょっとだけ照れた笑いを落とした。

それから一日もたたず、腹を抱えて笑うクロスの前でエルナは眉間にしわを寄せて、ぷいと口をすぼめていた。

「おっまえ！　飛び降りるか！　城の上から下まで！　あの高さを！　思いっきり！」

「……人は高いところから飛び降りないってことを忘れてたんだよ。いや、覚えてるけど、なんていうか、たまに何か、こう、頭の中が変になるときがあって」

もちろんノマには後でめちゃくちゃに怒られた。

忘れ物をした兵士もすっかり腰を抜かしてしまっていたので、さすがに気の毒なことをしたと反省をしている。

人間としてはありえない身体能力を持つエルナに彼らは疑問を持ったが、「あなたって、風の魔術がすっごく上手なのね」と呆れたような声でノマが言っていたので、そういうことにしておいた。

思い出す度に苦い気持ちになってしまうエルナだったが、クロスは自身の椅子に座りながら背を丸めて、くつくつと肩で笑い続けている。

「ふ、ふふふ。お前というやつは本当に、ふっ、くく」

「おかげで妙なメイドがいるって噂がもう広まりつつあるみたいですよ……っと。はい、王様！　厨房からのお届け物です！　戻りますね！　消えますねさようなら！」

「待て、すねるなすねるな」

口を尖《とが》らせるエルナに向かってクロスはちょいちょいと片手を振って引き止めた。

むっつりとしたままのエルナの手には盆が載せられている。本日、エルナが雨の中お使いに行った販売店で購入した砂糖で作られたものらしい。大量の砂糖を持ち上げ、ひょいひょいと軽い足取りで帰ってくるエルナを見て厨房では悲鳴が響き渡ったし、頼んだノマもまさか全部を一度に持って帰ってきていたとは、と意識を遠くしていた……。

「なんなの。仕事中ですから、構わないでください」

「まあまあ。お前をここに来させることはコモンワルドには伝えてある。ちょっと時間がほしいだけだ」

お前にもそろそろ伝える必要があると思っていたんだよ、とクロスが立ち上がると、執務室の机の上に置かれた書類の雪崩が起きた。慌てて盆を持つ手と反対側の指を振ると、格子の隙間からやってきた風の精霊がひゅうっと息を吹き出し、まるで時間が巻き戻ったかのようにするすると元通りになる。

「悪い。しかし、さすがだな」

「簡単なことならお願いしたらしてくれるだけ。こんなの精霊術以下だよ。それにしても、この部屋。随分精霊が多いよね？」

「俺には見えないが、そうか」

うん、とエルナは返答をしようとするが、すでに体中にわいわいとまとわりついているため、「だぁ！」と叫んで暴れた。きゃあ！　と精霊たちはすぐさま逃げたが、何度でも楽しそうにやってくる。遊んでいるわけじゃない。

自然が近く過ごしやすい場所ならばともかく、明かりがよく差し込む格子窓があるとはいえ違和感があるほどにクロスの執務室は常に精霊たちで賑わっている。いつものハムスター精霊もエルナの頭の上で、えいやほえいやほと踊っていた。

「うん。伝えたいことは、それだな。ちょっとこっちを見てみろ」

と、エルナの疑問に自分自身で納得するようにしながらクロスは自身の右手を突き出した。ゆっくりと息を吸い込み、ぴたりと止める。そのとき、クロスの右手から魔力が溢れ出していることに気づいた。

「……これは？」

「証印だ。俺の場合、この身に刻み込まれている」

――証印。それは兵士の忘れ物と同じだ。許可された扉を開くことができる魔術なのだという。

ゆらり、と吹き上がるような魔力とともに緩やかな風が生まれ、クロスの右の手の甲は淡く燐光《りんこう》を発した。こぼれ落ちる光が静かに消えて収まったとき、いつの間にやら部屋の壁にはぽっかりと人が通ることのできる穴が出来上がっていたから、エルナは目を丸くしてしまった。

「……ん？　いやこれは、ん？　何これ？」

「こっちだ」

クロスはそう言って迷いのない様子で進んだので、エルナは彼の背中を追いかけた。盆を両手に持ったまま訝《いぶか》しげに周囲を見回しつつ、先に向かう。

かきん、ぱきん、かきん。穴の先はただただまっすぐに続いていて、妙な音がすると思えば、驚くことに足元の道は薄く透明なガラスでできている。周囲は草木が生い茂り、まるで森の中を通っているようだ。精霊たちが楽しげにくるくると飛び回っている様子を見て、こんな道が近くにあれば、そりゃあ部屋の中にいくらでもやってくるだろうな、とエルナは呆れた気分になってしまう。

かきん、ぱきん、かきん。からん。歩く度に音を立てるガラスの道は、よく見ると、足元からほとほとと静かな波紋が広がり続けている。水の上を歩いているようだ、とも感じた。

ときどき屈《かが》んで木の枝を避けて、歩くだけで音楽を鳴らしながらエルナとクロスは進んだ。

「……どこまで行くの？」

「もうすぐもうすぐ」

何度目かの問いかけである。いい加減行き先が気になってくる。

（しょうがない）

ふわり、とエルナの瞳に魔力がこもった。先程見た証印は魔術の一種だ。それなら魔力の跡を辿《たど》るのは難しいことではない。何度も行き来しているであろうクロスの足跡がじわりと地面に浮き上がった。よしよし、これでせめて残りの距離を把握できる……と考えたとき、ぱきり、と音を立てて呆気なく足跡は砕け散った。

「………………」

「どうかしたか？」

「……なんでもない」

城の結界が作用しているのかうまく安定しない。これは諦めるしかないな、とエルナが肩を落としたとき、やっとひらけた場所にたどり着いた。どうやら目的地は本当にすぐそこだったようだ。

片目を眇《すが》め様子を窺《うかが》うと、そこは周囲も、天井も、すべてが緑で覆い尽くされていた。

一本の太い樹木が悠々と伸び上がり、枝葉で空を覆い尽くしていたのだ。さすがのエルナも次第に目をぱちくりさせてその光景を見回した。

地面は短い草が生え揃《そろ》い、みずみずしさに満ちている。なのに、妙に静かだ。

「この場所は、キアローレの大樹の下……？　ああ、空間がねじ曲がっているのね……」

――ヴァイドは誰もが恐れるはずの火竜エルナルフィアを仲間とし、宝剣キアローレを片手に魔族に果敢に挑んだ。そしてやっとのことで魔族に突き刺した傷からはみるみるうちに緑が溢れ、穀物が生まれ、一本の大樹となったキアローレを礎とし、今日の王国が出来上がったという。

しかしエルナルフィアとしての記憶を思い返してみると、ちょっと色々と盛っているな、と思わないでもない。相手をしたのは魔族ではなく民に圧政を敷いたその地の領主で、緑が溢れたというのはヴァイドも交じって仲間たち全員ですっかり荒れ果ててしまった土地をえいさほいさと耕したというだけだ。

けれども当時の人々にとって貴族は神に等しいものであった。こちらに指先を向けるだけのただの魔術が幾千もの兵士の命を奪うものであり、土地は瞬く間に干からびた。

そうした貴族を打倒したとしても、産声を上げたばかりの幼い国は多くの脅威に狙われた。そのすべてをヴァイドは生涯を捧げて撃退した。エルナルフィアのそばには常にヴァイドがおり、ヴァイドのそばにはエルナルフィアがいた……。

これは、子どもなら誰もが知る初代国王の英雄譚《えいゆうたん》だ。

「そうだ。そしてあのおとぎ話には、知っての通りいくつかの誤りがある」

クロスは呆然とするエルナを置いて、ざくざくと進む。大樹の下には白い丸テーブルと二つの椅子が置かれていた。エルナは手に持っていた盆をテーブルに置いて、慌ててまたクロスの後についた。

「その一つがこれだ。おとぎ話の剣は大樹となったが、実際は違う。ただ、大樹とともに国を守っているだけだ」

エルナが両手を伸ばしても抱きしめることもできないほど太く大きな幹の前には、ぽつりと、一本の剣が突き刺さっていた。木漏れ日の中でそれは時間すらも忘れているように見えた。柄《つか》に巻き付いた蔦《つた》に指を添えながら、クロスはじっと、感情を抑え込むように呟く。

「代々のウィズレイン王国の王は、この場所を守っている。そして、ここは俺が過去の記憶を取り戻した場所でもある」

クロスにとっては、きっと見慣れた風景なのだろう。けれどもエルナは違う。

はくはくと口を動かし、震えた。

飛び出したのは、随分かすれた声だった。

「キアローレ」

そうしてやっとのことで剣の名を呼んだとき、剣はエルナに呼応した。一瞬にして視界が移り変わり、大勢の人間が笑っている。

大樹の下で溢れかえらんばかりの人々がジャグを打ち鳴らし合い、エールの泡を飛ばしている。ざあざあと、雨のような花弁が降り落ちていた。子どもはそれを拾い集め、大人は酒や踊りに夢中である。一番大声で笑っている男の名前はケネスといって、ヴァイドの右腕のような男だった。エルナルフィアはうるさい男だと思っていたが、もちろん嫌いなわけではなかった。

ケネスは、ルルミーという女性に惚《ほ》れ込んでいて、ルルミーはそんなケネスに気づいていたが、いつもそっけない態度を取ってしまうことに悩んでいた。エルナルフィアは、ルルミーからの相談を聞きながら、優しく鱗をなでてもらうのが好きだった。ケネスには弟がいて、彼は将来立派な騎士となったが、今は大樹からこぼれ落ちる花弁を拾うことに熱中していた。きゃあきゃあとうるさいほどに声を出して街中の子どもたちを率先し、いつの間にか大きな布まで持ち出している。

そこらいっぱいになるまで机や椅子を持ち込み、うまい飯を作って、食って、一年の始まりを祝う。ただただ楽しげな様子を前に、背が高い黒髪の青年が一人、剣の横で佇んでいる。

その隣に、エルナも二本の足で立っていた。男の顔を見ることはできなかった。

エルナは顔をしかめて唇を噛みしめ、それでも吐き出してしまいそうな感情をなんとか呑み込み、堪えたと思ったはずが、鼻の奥が、つんとする。

いつの間にか、静かに涙が頬をつたっていた。

「なんてもの、見せるんだよ……」

――これはもう、消えてしまった彼らだ。

誰も彼もが、エルナを置いて消えていった。待ってと叫んでも、誰も待ってなんてくれなかった。必死にエルナも歩く速さを合わせようとして、足りなくて、追いつけなくて、消えていく彼らが恐ろしくて、大切なものなど、もう決して作るまいとエルナは誓ったのだ。

……違う、誓ったのはエルナではなく、エルナルフィアだ。

そう気づく頃には過去の記憶は色鮮やかに通り過ぎていた。誰もいない静かな大樹の下でへたり込んでしまっていたエルナの頭を、クロスの大きな手のひらが優しくなでていた。

とめどなく涙が流れる。エルナルフィアが愛したものは、すべて消えた。うたかたの夢のような愛《いと》しい記憶は、目覚めたときにさらに虚しくなるだけだ。

「……悪いな。しかしこいつも悪気があったわけじゃないんだろう。ずっとこの場で国を見守ってきてくれたからな。……魔族は、存在する。真実はともかく、魔族を打倒したと人々に語り継がれることで物語となり、ただの剣は力を得た。もとは悪童が握りしめていただけの剣だというのにな」

懐かしいと、お前に伝えたかっただけだろう、と静かに伝えられた言葉に対してエルナは少しだけ鼻をすすったが、すぐに顔を拭って肩をすくめた。

「……おかげで、随分泣かされたけど」

「うん、泣き止《や》め。俺はお前の泣き顔は得意じゃない。むかむかするし、もやもやする」

「もう泣き止んでるに決まってる。問題ない。自分が弱くなったことを実感して、私だって嫌だよ」

「何度も言うが別に弱くはなっていないだろう。ところで何度も言うといえば、そろそろ俺の嫁になってはどうか」

「ナチュラルに会話に盛り込むのはいい加減やめようか！」

エルナの頭からは、『ごんすごんす』とハムスターが頷いている。エルナの言葉を肯定しているようにも見えるが、多分適当に相槌《あいづち》を打っているだけである。このハムスターはちょっとそんなところがある。

「それはさておきだ。さあエルナ、こっちにこい。茶でも飲むぞ」と、クロスが向かったテーブルには、ティーポットが置かれている。先程までは間違いなくなかったはずなのだが、もちろんカップも置かれていて、湯気が立ち上っていた。

カップの中に入れられたゆらゆらと躍る黄色い鮮やかな花弁は精霊たちからの贈り物だろうか。

「やだな。古代遺物《アーティファクト》じゃない。なんでこんなところにあるの」

「いいだろう。紅茶がいくらでも湧き出るポットとカップだ。カイルヴィスが作ったものが城の中に残っていたんだ」

「あの発明バカの？　ポットとカップ、両方から湧き出たらポットがある意味がないよね？　あの子、一体何を考えてたの？」

「作りたくなったから作ったんだろう。俺にだってよくわからん」

「変なやつだったからね」

「変なやつだったな」

そう言って、二人で座りながらカップを両手で抱きしめて静かに口をつけると、また泣きたいような気持ちになった。今度は悲しくなったわけではない。竜であった頃のエルナの指先はこんなすぐに壊れてしまいそうなカップを持つことなんてできなかった。人としての今があるからこそ、こうしてお茶を楽しむことができる。

新しい何かを、一つひとつ、知っていくことができる。

「ほら、エルナ」

「ん？　ん、んん!?」

呼ばれて唐突に差し出されたスプーンが、ぽすりとエルナの口の中に入る。

先程、厨房から持ってきたおやつなのだろうと理解はできたが、それ以上に困惑した。

ちょっとかりっとして、とろっとして、それから甘くて。

焦げたみたいな茶色い見かけをしていたはずなのにとエルナは目を白黒させて、全身に甘みが弾《はじ》け飛んで駆け抜けるのを感じた。なんせ竜としての生にも、カルツィード家の養子としても甘いものなど食べた記憶はなく、実はこれが初めてだ。

人生初めてのおやつに、エルナはぶるぶる、ついでに顔を真っ赤にしてくらくら頭を回しながら、ごくんと飲み込む。

「な、な、な、な、なに、これ……!?」

「何と言われても。ただのクリームブリュレだが……。卵黄と砂糖、それから牛の乳と生クリームを入れて、よーく混ぜてスフレ皿に入れてな、鍋の中で湯煎をした後に冷やし、最後に砂糖を降りかけ焼きごてで焦げ付かせ、表面をパリパリにしたものだ」

「や、焼きごて？　焼きごて？　嘘《うそ》でしょそんな恐ろしい料理が存在するの……？」

あわあわするエルナに、「お前、何か勘違いをしていないか？」とクロスが呆れたような表情を見せているが、こっちはそれどころではない。

「乱暴な説明をすれば、ようはプリンの頭を焦がした菓子ということだ」

「プリン？　プリンって何？　ぷりぷりっとしている何かってこと？」

「そこからなのか？　まあいい。もっと食うか。いや食え。ほれほれ、クッキーもあるぞ」

ごくりとエルナは唾を呑み込んだが、ちょこんとした可愛らしいサイズの、深みのある白い皿をまるで恐ろしいものを見るかのように椅子の背にぴたりと体を合わせて距離を取り、ふるふると首を振った。

「や、やめとく。お、おいしすぎるもの。すごく怖い」

「……どんな理由だ……？」

クロスは訝しげに眉をひそめつつも、今度はちょいとクッキーを持ち上げて「まあ、たしかにうますぎるものは少しでいいな」と呟き、ぽりん、と歯で音を立てた。そんなクロスを見ると、やはりヴァイドのことを思い出してしまう。

ヴァイドは肉も酒も好物だったが、『健康に、長く生きる秘訣《ひけつ》はうまいものを少しにすることだ』とよく笑っていた。長い命を持つエルナルフィアが一人きりになってしまう時間を、ほんのわずかでも短くするために彼は人の生をたらふく生きた。そのように、努力してくれた。

――瞬き一つの短い、大切な、大切な時間だった。

エルナはぐっと膝の上に置いた手のひらを握りしめ、なんとか膨れ上がる気持ちを抑え込んだ。

幾度か息を吸い込んで吐き出したとき、クロスはじっとエルナを見つめていた。

すると今度は別の意味で心臓が大きな音を立てた。

もしかして、先程の胸の音がクロスに聞こえてしまったのではないか……とありえない考えだとわかっているのに慌てて顔を伏せて、テーブルの上のカップの中身に視線を落としてしまう。

「さっき、ここは俺が過去の記憶を取り戻した場所でもあると言ったな？　まだ十にも満たない頃のことだ。俺も幼かったからな。ヴァイドであった頃と今の俺と、正直よくわからんと混乱した。お前以上にひどい醜態を晒《さら》したこともあるぞ」

そこまで語るクロスの顔をそっと見つめて、なぜエルナをこの場に連れ出したのかということを理解した。

エルナは、エルナルフィアとしての記憶を取り戻してからまだふた月もたっていない。朝になると未《いま》だに自分のしっぽがないことに驚くし、飛ぶことのできない空をいつまでも見上げてしまうときがある。そのことを気にするなと言ってくれているのだ。

また温かい何かがエルナの胸の内に膨らんでいく。でもそのことに気づかれないようにと出てくるものは、ひねくれた言葉だ。

「……クロスは、ちょっと私に過保護すぎじゃない？」

「え？　養うか？」

「文脈大丈夫!?　会話の流れ本当にそれで合ってるの!?」

エルナのツッコミが止まらない。

白いテーブルの上にはいつの間にかハムスターが移動して、かしかしとクッキーを口にしながらほっぺをぽっこり膨らませている。精霊なので、なんでも食べる。そして膨らませすぎて口の中からぽろぽろこぼして、はわわとしている。

『しまったでごんす。しかしこれはこれでデリシャスでごんすな。もっと食べるでがんす』

「いつか頰袋が弾け飛ぶよ……。じゃなくて、その、ううんと」

「ああ、言い忘れたが、俺がヴァイドの記憶を持つことは誰にも告げていない。できれば口を閉ざしてもらえれば助かる」

「そうだったの!? たしかに記憶があるってなったらものすごい騒ぎになるだろうけど！ 言ってよ！ 私がぺろっと言ってたらどうする気なの!?」

「どうもしない。うっかりしていた俺が悪い」

「正直者めぇ！」

クロスと会話をしていると、とにかくぜぇはあしてくるのはなぜだろうか。体力というよりも精神的に。気持ちのどこかがとても疲れる。

「だ、だから私がクロスに言いたいことは、その、こういうことじゃなくて」

簡単に、養うとか、嫁にするとか、言わないで。

そう言いたいはずなのに、口をあけるとはくはくと声が出なくて、心臓がとにかく痛い。

「……どうした？」

ぱちり、とクロスが金の瞳を瞬くと見つめ合うことすらも苦しくなる。

「……なんでも、ない」

だから絞り出した声がせいぜいだった。胸の中がぎゅうぎゅうする。

「そうか。また気が向いたときに教えてくれ。ほれ、クッキーも食え」

「うん……」

クロスは甲斐甲斐《かいがい》しくエルナの世話をして、口の前にクッキーを見せた。

頷いてそのまま体を乗り出し、ぱくん、ぱくんと食べるエルナの気分はエルナルフィアだ。竜であった頃の食事はヴァイドの魔力で十分だったが、ときどきは嗜好品《しこうひん》として野菜や果物を食した。ヴァイドに手ずから与えられているようで、なんだか懐かしいなと目をつむり味わうエルナは、彼女が舐《な》め取るように食べ終わった瞬間、弾かれたようにクロスがぱっと指先を跳ね上げたことは知らなかった。

次にエルナが目をあけたときクロスは自分の手を見つめて、なぜだか何度も手を拳の形にしたり、開いたりと忙しそうにしていた。

なんだか変な様子だが、クロスがエルナの理解の範疇外《はんちゅうがい》であることはいつものことなので特に気にしないことにした。

「……そういえばキアローレもそうだけど、この樹《き》も随分大きくなったよね。昔から大きかったけれど、こんな……円状じゃなかったし、まだ常識の範囲内の大きさだったと思うし」

「あ、ああ。キアローレの物語と混じり合って、いつの間にか力を得たんだろうな。言葉を紡ぎ、語ることは魔力を紡ぐことと似ているから」

「そっか……ねえ。さっき見たみたいに、春には一斉に花が咲いて散っていたわよね？　雨みたいで好きだったな。今でもそれは変わらない？」

「むしろそれよりも、もっとすごいことになっているぞ」

「もっとすごい……」

ごくり、とエルナは唾を呑み込んでしまった。昔からすごかったような気がするが、もっともっと言われると想像ができない。

街も、人も変わっていく。それは長い時間が流れてしまったのだから、当たり前のことだと思う反面、エルナはやはり寂しくなる。だからもしかするとクロスも同じように感じているのかもしれない。

「長く、国を見守ってきてくれた者たちだ」

戦友を相手にするように、クロスは大樹を見上げながらしみじみと話した。

けれども――。

「俺には、難しいことだろうがな」とぽつりと落とした言葉が、エルナにとって、少しだけ意外ではあった。

# 第五章　竜の祭りと少年

Wizrain Kingdom Story

エルナがメイドとして城の仕事に少しずつ慣れ、寒さがすっかり街を包んできた頃。

街も、城の人々も、なぜだか奇妙にそわついているように思えた。

その中でも顕著なのはノマで、掃除や買い出しの最中にも「はあ……」と重たいため息をついている。しかしため息というには妙に色っぽいような、でもやっぱり悩ましいような。

「ねえノマ、どうかした？　ずっと手を気にしてるみたいだけど」

「なななななな、なんのことかしらぁー!?」

明らかにとても怪しい動きでノマはくねくねとした後、自身の背後に両手を隠した。そんなことをされたところでエルナの目にははっきりと映っていたので今更なのだが。

「綺麗《きれい》な色の指輪ね」

竜としての前世があるからか、それともそんなものとは無縁の生き方をしてきたからか、女性的な装飾品にエルナはあまり興味がない。けれども綺麗なものは綺麗だと感じるので、ときおり自分の右手を見つめながらため息をつくノマの視線の先にあるものが気になっていたのだ。

「……見られてたの？」

「うん。とてもわかりやすかったから」

肯定するエルナの言葉にノマはおずおずといった様子で背中に隠した手のひらを見せてくれた。

うだ。
可愛《かわい》らしいいくつかの小粒のガラスがくっついた形は、派手なものではないので普段使いしやすそ

「……ほら、お祭りが近いから。一緒に行くつもりだったけど向こうに仕事が入って、やっぱり無理になったから」

「ああ、お詫《わ》びのしるしに恋人がくれたのね」

「違うわよ！　私がせしめたのよ！　ぶんどったともいうわ！」

「びっくりするほど物騒だね？」

そもそも恋人なんかじゃないわ！　と叫ぶノマの耳は真っ赤になっているし、職務に真面目なはずの彼女が今はすっかり仕事のことを忘れている。

いや、忘れていると思いきや換気のためか窓をあけたり、閉めたりと挙動がおかしくなっている。そしてたまたま入ってこようとしていた風の精霊がばふんと窓にぶち当たり吹っ飛び、リトライがんばる、と入った瞬間さらに閉め出されている。タイミングが悪くて可哀想《かわいそう》。

「ノマ、落ち着いて。窓枠が壊れちゃう」と、そっと精霊を助けながらエルナはノマに声をかけた。サンキュウ、とでも言いたげに精霊はくるくる回ってエルナの頭の上のハムスターとダンスを始めている。頻繁に踊りがちな彼らである。

そんなほのぼのした光景と比べて、「そ、そうよね、そうよね。いい、エルナ。勘違いなんてしないでよね」とノマは険しい表情のままさらに続けた。

「本当に、勘違いなんてしちゃだめよ。こんなの、本当に大したことないんだから。《竜の鱗《うろこ》》の

指輪に比べたら、こんなの、もうそこら辺の子どもだってしているくらいな、そう露店で売っているくらいの……」

「りゅ、竜の鱗を、指輪に？」

「あ、違うわよ。エルナルフィア様の鱗ではなくて、ただそういう名前の宝石のこと。とっても綺麗な宝石なのよ。すごく高価だから最近じゃそれを狙って宝石店に泥棒が入ったとかなんとか……って話の本筋はそこではないの！」

「うん」

きり、とノマは眉をつり上げた。なのでもちろん、エルナも真面目に対応する。

「べ、別に、こんなの大したことじゃないのよ」

ノマが肯定してほしそうだったので、なるほどねと伝えた。

「そうだったの」

「わかってくれたのならよかったわ！」

「それで、その指輪をくれたのって、この間、証印を落としてた人なんだよね？」

エルナが追いかけて城の窓から飛び降りてしまったため驚かせてしまったことは、まだ記憶に新しい。灰色髪の、どこか愛嬌《あいきょう》のある青年だった。

もちろん出会ったときは知りもしなかったが、これだけノマに世話になって一緒にいるのだ。なんとなくわかってくるものもある。

ノマはきゅっと口を閉じた。そして眉間のしわを深くしてむっとエルナを睨《にら》んでいる。

だから代わりに、エルナはにっこりと笑った。

「その指輪、可愛いよ。素敵なものをもらったね」

「………うん」

ときには、素直になれないこともある。

乙女心というものは難しいな、というのがエルナの感想だ。ノマと恋人、いや恋人未満の青年がこれからどんな恋物語を紡ぐのかはわからないが互いにとって幸せな結果になればいいな、と思った。

仕事が終わってベッドの中に潜り込んで、そっと先の未来を想像してみた。すると不思議なことに、ノマの姿がエルナに変わり、向かい合っているのはクロスだった。クロスはエルナの手をそっと持ち上げ、可愛らしい指輪を指の先に差し入れる。不思議なほどに指輪のサイズはぴったりでエルナの指先に馴染《なじ》んだ。その指先をクロスはちょいと持ち上げ、小さなキスをして微笑《ほほえ》んだ。

――大変な目覚めだった。

ぜえはあと恐ろしいほど息を切らしてエルナはベッドから飛び起き、一体自分はなんて夢を見たんだろう、とくしゃくしゃの頭のまま涙目になって重たいため息をついた。指輪がほしいわけじゃない。そうじゃなくて、エルナが望んだのはきっと別のことだ。

そのことをベッドの上で、考えて、考えて、考えて、毛布を引っ張って呻《うめ》いて、耳を真っ赤にさせて、じたばた暴れて。そうして、エルナは。

とりあえず、全部忘れることにした。

「えっと、サンフラワー商店への道は、こっち……」

なんせ、夢は夢だ。自分の気持ちに少しずつ気づきつつあるエルナだったが、急ぐ必要もないように感じた。どうしてもたまらない感情があるというのなら、焦らずともいつか芽吹くに違いない。

と、自身を落ち着け、ついでになんとなくクロスを避けているうちに数日がたち、エルナはすっかり慣れたお使いの道を歩いていた。

王都の道をさくさく歩く、とまではいえないにしても、少なくとも迷子になって座り込んでしまうことはなくなった。

歩く度に、ふとした寂寥《せきりょう》が胸を襲った。けれど、と首を振る。

(変化は、変化として受け止めるしかないもの)

……ここにはいない過去の人々のことを思い出して、悲しくならないといえば嘘《うそ》になる。

エルナルフィアはいなくなってしまった友人たちを嘆いて、最期は人里離れた森の奥深くに住んだ。だから歴史の変化を知らない。

エルナは時間があるときに執事長であるコモンワルドからウィズレイン王国の歴史について教えてもらうこともあるが、聞けば聞くほどに今のこの国が過去の王国とは別物で、まったく知らない他人のような存在なのだと感じた。

ただそれはエルナのしっぽがなくなってしまったことと同じで、仕方のないことなのだと思う。

頼まれたお使いはあっさりしたものだった。城からの注文の明細を届けただけなので、荷物もなく身軽なままにエルナは歩いて帰宅していた。ポケットの中のハムスターはかりこりとひまわりの種を食べて平和なほどほっぺたをもふもふとさせている。ひまわりの種は一日一粒だけと決めているため、もう一口、いや我慢、とぢいぢいと声を震わせ考えているらしい。それはさておき。

――街の様子が、なんだかおかしいような。

「気の所為《せい》では、ない……？」

ときどきぽんっ、ぽんっと白い何かが打ち上がり、音に引かれるように仰ぐと青空の中で紙吹雪がひらひらと躍っている。通路では窓から窓にこれまたカラフルなフラッグ型のガーランドが垂れ下がり、まるで街中がおもちゃめいて見えた。

さらに、竜の切り絵がいたるところに貼られている。通り過ぎる子どもたちは竜のしっぽまでつけて駆けっこをしていた。

「ああそうか。お祭り」

そういえば、と以前にノマが話していたことを思い出した。

城を出るときにそのまま少し街を散策したっていいのよとメイド長がにっこり笑っていたので、今日に限ってわざわざどうしたんだろうと不思議に思っていたのだ。

広場では音楽隊が楽しげに音楽を鳴らし、人々は手拍子を打って楽しんでいる。ここ最近、王都では寒く冷たい風が混じり始めていたが、賑《にぎ》やかな音がまるで空気まで温かくさせているようで、自然と気分も高揚してエルナの足取りも軽やかになる、が。

「うーん、お祭りかぁ……」

ぴたり、と立ち止まって呟《つぶや》いた。口元にちょんと人差し指を置き、唸《うな》るように思案する。

たっぷりと時間を使ってぱちりと目を開いて。

「うん。別に、それはいいかな」

そう、結論付けた。


楽しそうな街の人々を見るのは楽しいし、なんだか嬉《うれ》しくなる。でも、別にエルナ自身が祭りに興味があるわけではない。なのでエルナはてくてくと石畳を歩いた。祭りの喧騒《けんそう》はどんどん遠くなっていく。

(お祭りなんて行ったことがないから、何をしたらいいかもわからないものね)

知っている祭りといえば大樹の花見くらいで、それも竜であったときに空から人々を見下ろしていただけだ。小さな人間たちが騒がしくする様を見て踏み潰さないようにと困っていたため、楽しみ方の作法も知らない。

男爵家では祭りの日となると使用人たちも街に繰り出すことを許されたが、エルナと母はそんなものに参加するのなら薪《まき》の一つでも割っておけと、ローラとその母である男爵夫人に鼻で笑われた。

エルナとしてはその日ばかりは意地悪をしてくる相手がいなくなって嬉しかったし、母と二人きりということは楽しくもあったのだが、母はいつもエルナの冷たくなった手を握りしめて、『魔術であなたの手を温めることができたらいいのに』と申し訳なさそうに眉を寄せ話すのが口癖だった。

(母さんは、たしか私を産むまでは炎の魔術の適性があったと言っていたな……)

ふう、と息を吐き出す息はわずかに白く染まってしまった。

ウィズレイン王国では冬がとにかく短いが、やってくる足は早い。エルナはいつの間にか季節が変わってしまったことを思い出し、同時に幼い頃のことを考えた。

エルナが生まれた男爵家の領地はこの王都からずっと遠いからか、とにかく冬が寒かった。短い冬でも、慣れない寒さはとにかく辛《つら》い。

だからなのかは知らないが男爵家領では炎の魔術の適性を持つ者も多いらしく、母もその一人だったのだろうと深く疑問を覚えてはいなかったが、エルナは竜の鱗を握りしめて生まれた。もしかすると人としては類《たぐ》い稀《まれ》なる炎の魔力を持つエルナは、母の魔力すらも取り込み内包して、この世に生を受けたのかもしれないと思うと、彼女が生きている間になんの恩も返すことのできなかった自分をひどく情けなくも感じた。

「よし、なんとかたどり着いた」

『もひっ?』

どうやら欲望に負けてしまったらしく、ひまわりの種の殻を抱きしめほっぺをぷっくりさせているハムスターがエルナのポケットからちょこんと顔を出して、きょろきょろしている。

『どこでごんすか?』

「教会だよ」

目の前には見覚えのある建物だ。

考えたのは、不思議な傘を持ってにっこり笑っている女の子——カカミのことである。

祭りには興味はないが、時間があるのならせっかくの機会だ、と勇み足で教会の扉を叩《たた》いた。しかし、出てきたおっとり顔の司祭からの返答は、「カカミは出かけていますよ」とのことだった。

自身の無計画さが辛い。

「最近よく外に出ていることが多いのですよ。何か……ご存じですか？」

「外に？　いえ、あれからはカカミには会っていないので」

「そうでしたか。まったく、困った子ですね」

いたずらっ子に呆《あき》れるような、苦く笑っているような曖昧な様子の司祭が立つ扉の隙間からは、人の気配を感じる。

「今日はエルナルフィア様がお生まれになったことを祝う、年に一度の祭りの日です。ぜひとも街をお楽しみくださいね」

「あ……。お忙しいところ、すみませんでした」

そう言ってエルナは頭を下げて、退散することにした。司祭は人好きのする笑みで、いえいえ、としわのある手を揺らして返事をしてくれた。

「しまった今日はエルナルフィアの生誕祭だったんだ……！　忙しいのに悪いことをしたな……いや待て私に誕生日なんてあったっけ？　なかったっけ？　適当に誰かが作ったんだっけ？」

慌てて教会をお暇《いとま》したエルナだったが、結局城に向かって歩いていた。

途中、風船を配ったり、屋台が賑わっていたりという姿も見たが、自分の時間なんてものは人になってからというもの得た記憶がないので、どうしたらいいかわからなかったのだ。

それにしても、前世とはいえ、自分ではわからない誕生日を見知らぬ人が祝っているとは一体。

『謎でがんすねぇ』とハムスターはポケットの中で返事をしているし、中々に不思議な状況である。

「祝ってくれるというのなら、ありがたいことだろうけどね……っていうか、雨宿りのお礼に何か持っていこうと思ってたのに、結局手ぶらで行っちゃったし、結論としてはよかったのかな。ん？ハムスターならいるか……」

エルナの呟きにハムスターは『ぢぢっ!?』と身震いして、身の危険を感じたのかもぞもぞとポケットの奥に隠れてしまった。

「冗談だよ。手土産にはしないよ」

丸っこく温かい塊を布越しになでたが、すねてしまったのかポケットからは出てこない。

後でごきげんを取ってやらねばと苦笑して、なんとなく道をなぞるように城壁を見上げた。

「……これ、乗り越えちゃだめかな」

ゆうに、エルナの二人、いや三人分の高さがある。茶色いレンガがずっしりと積み上げられているる城壁はぐるりと城を取り囲んでいるため、目的地の門までの距離は遠い。

別にそれくらい歩いたところで疲れはしないが、近道できる場所と、能力があってそれを使わないのはいかがなものか。

「よし」と、エルナは踏み込み、「…………」そのまま、堪《こら》えた。

城の窓から飛び降りて大騒ぎになってしまった記憶は色濃い。

決して思い出したくはない失態なのに、自然と浮かべてしまった引きつるようなぬるい笑みをごまかすように、「やっぱりなしなし」とエルナは自身の口元をごしごしと手の甲でこすった。

ついでにぶんぶんと力いっぱい首を横に振って、そのまま方向を変えようとしたときだ。

「……ん？」

壁の上から、ぴょこん、と金色の何かが覗《のぞ》いた。

気のせいか、と思うとさらにもう一度。ぴょこん、ぴょこぴょこ。

丁度太陽の光の輪と重なり、よく見えないなと手で傘を作って目を眇《すが》めたとき、少年が塀の上から飛び降りた。「え」と呟いた声はエルナのものではなく、少年のものだ。

「う、うわ、あ、ああ、うわあ！」

まさかこんなに高いとは思わなかった、とばかりに目をしばたたかせて半分だけ乗り越えた上半身もばたばたさせている。落ちた、と少年が思い悲鳴を上げたのと、エルナが滑り込み、抱きとめたのは同時だ。

「あ、あいたたた……」

「う、うう……」

少年の背はエルナの肩にも届いていなかったし、エルナは自慢じゃないが馬鹿力だ。

それでも体はただの少女のままなので、急なことでバランスを崩してしまった。

エルナがクッションとなり二人一緒に地面でぺちゃんこになったところで、少年は痛みを堪えつつも勢いよく顔を上げ、「お前、なんだ……？　まさか僕を受け止めたのか？　怪我《けが》をしているんじゃないだろうな！」と、怒っているのか心配をしているのかわからない口調でエルナを詰問している。

「いや、怪我は特に……」

『今、ここを乗り越えたのではないか……!?』

『まさか！　しかし梯子《はしご》が……確認する！』

壁の向こうから聞こえてきた男たちの声に、少年はハッと意識をそらした。ざわざわと壁向こうの声も大きくなっていく。

「おい、お前、行くぞ！」

「えっ、行くって――」

「いいから早く！　追いつかれるだろうが！」

(別に、私まで逃げる必要はなかったんじゃ……)

エルナは少年に引っ張られる形で来た道を走って戻ることになったが、最初は少年がエルナを先導していたはずなのに、気づけばエルナが先頭を走っている。

少年は背後でぜえはあと肩で息を繰り返して、「おまっ、ちょっ、速いぞ、メイドのくせに、速いぞ……!?」と、息も絶え絶えな様子である。申し訳ない。

メイド、というのはもちろんエルナの服装から判断してのことだろうが、えっほえっほと余裕の顔で走り続けていたエルナは少しずつ速度を落とし、歩くほどの速さになったところで振り返った。同じく立ち止まった少年は肩で息をして今にも崩れ落ちそうになりながらも矜持《きょうじ》のためか自身の膝に手を置き、ちょっと涙目のままなんとか持ちこたえているらしい。

すでに城からは遠く離れていた。自身を立て直そうと必死に息を繰り返している少年の姿を改めて見下ろす。

――年齢は多分、十歳程度だろう。カカミといい、最近よく子どもと出会う。それからさらさらの金の髪と瞳で、肌の色艶もいい。着ている服はシンプルながら、品の良さを感じる。つまりなんというか、いいところのお坊ちゃんが、外に出るためにありあわせのものをなんとか探して組み合わせた、というか。

（一応、この子は城からの逃亡者ということに、なるのかな……？）

壁から飛び降りる瞬間を、ばっちりと目撃してしまった。エルナの予想に間違いがあれば、今すぐ警備の兵につきだすべきなのだろうが――。

少年は、ふぐっ、ふぐっと妙な声を出していると思ったら、なんとか通常通りであることを装おうとして、腕で口元を隠している。それでもやっぱり涙目のままである。

「……一応聞くけど、あそこで何をしていたの？」

「……お前に言う筋合いはない」

「別に教えてくれなくてもいいけど。これからどうするの？　今日はお祭りらしいけど。もしかして見て回りたいとか？」

これにも返事はないだろう、と思いきや少年の瞳は素直で、ぱすん、ぱすんと街中で打ち上がる昼花火とともにふわりと飛び上がる風船に目を向け、きらきら、ぱちぱちと瞬《まばた》きを繰り返している。

それが返事のようなものだ。

その後エルナが少年と二人で街を見て歩くことにしたのは、別に大した理由があったわけではない。

ふらふらと歩こうとする子どもが心配だった。

別にまあ、それだけだ。

エルナも大して王都を知っているわけではないが、多分少年よりはちょっとはマシだ。

どこを歩くにしても瞳を輝かせてきょろきょろと周囲を見回し、濃いメイクの道化師《ピエロ》に風船をもらえば、ぽん、ぽんと跳ね上がるほどに歩きながら喜んでいる。

それでも少年はぎゅっと口を閉ざしたままで、喜びを抑え込むことに長《た》けているようにも見える。

「一応、呼びづらいから名前を聞いてもいい？　私はエルナ」

「……ドラフェ」

「ふうーん」

と、エルナは意味有りげに頷《うなず》くと、ドラフェにじろりと目を向けられたのでそのまま顔をそむけてしまった。

（……それで、どうしたものかなぁ）

名前を尋ねてからはお互い無言のままあてもなく街を歩いていると、手作りらしき竜のしっぽをつけた子どもたちがきゃあっと声を上げ、道端を走っている。

子ども特有の甲高い笑い声だ。自然と目が追ってしまった。

「王様が、いらっしゃってるんだって！」

「えっ、ほんと？　早く行かなきゃ！」

（そうか。エルナルフィアの祭り、ということなら今頃クロスは忙しくしてるのか）

喜びが滲《にじ》み出た興奮めいた声色と、紙の竜のしっぽをちらちらと揺らして消えていく子どもたちの背を見送る。ウィズレイン王国は竜を国章とするほどなのだから、年に一度の祭りとなれば王様だって大変に違いない。

そのとき、「あっ！」とドラフェが声を上げた。大切に握りしめていた風船を手放してしまったのだ。

するりと空に吸い込まれていく風船に向かって、すかさずエルナはぴょんと片足で飛び上がり、紐《ひも》を摑《つか》まえ着地した。

「何か、気でもそれた？」

うっかり人間離れした動きをしてしまったことに心の中では焦りながらドラフェに手渡したのだが、少年は答える代わりにぷいとそっぽを向いていた。

不要な問いかけだったかな、と考えて空を見上げると太陽は丁度真上に昇っていた。

そろそろ腹の虫も声を上げそうな頃だ……と、思ったとき、そっと風船を受け取ったドラフェの腹が、きゅう、と可愛らしい音を出した。

ドラフェは端正な顔をさっと赤くして、羞恥を抑えるようにぎゅっと口元を引き締めたので、エルナは困って、きょろりと周囲を見回した。


道の端に所狭しと並んだ露店からはおいしそうな匂いがゆらゆらと漂ってくる。

石畳の階段に座り込んだドラフェは両手で持つ、薄い紙で包んだ白い丸パンに顔を近づけたり、遠くしたりと忙しそうにしていた。人気の屋台の一つに並んでエルナが買った品なのだが、少年が何を考えているのかわかりやすくて、少し面白い。

「変なものは入ってないから大丈夫だよ」

「そ、そんなことは疑っていない！」

ドラフェはむっとして眉を寄せエルナを睨んだ。それから毅然《きぜん》として丸パンに向き合い、さらに眉をきゅっとさせた後、今度はくわと金の目を見開き勢いよくかぶりつく。すでに食べ終わったエルナはおお、と声を上げる。

ドラフェのパンから白いチーズがとろりと伸び、ドラフェはパンをくわえたまま慌てて首をそらした。それでもチーズがどんどん伸びて、とうとうドラフェはひっくり返った。

涙目になるドラフェに対してエルナは気づかれぬようにそっぽを向いたが、わずかに震える肩はごまかせない。意地悪をしたいわけではなかったのだが。

しばらくの無言の後に、むくりと起き上がったドラフェは涙目のままだったが、「……うまい」

と話し、今度こそ慎重にパンを食べた。

「これでもかってくらいチーズが入ってる方がおいしいんだよね」

伝えた声は、少しだけエルナを懐かしい気分にさせた。

祭りとは縁がなかったエルナだが、その日だけはと使用人全員に配られたチーズ入りのパンは、どんなに冷えていてもおいしかった。

薄い生地に羊と牛のチーズを包み焦げ目がつくまでじっくり焼かれたパンを、ドラフェははくり、はくりとゆっくりと食べた。ちょっとした所作でも上品に見える少年である。ドラフェはしばらく無言のまま食べたが、パンを持たない反対の手で自身のポケットから取り出したものをエルナの眼前にぐいと突き出す。

ぴかぴかの金貨だ。

「あのね。せめて渡すなら銅貨にして。こんなのいらないよ」

小さな手のひらに握られた硬貨に眉と口元を歪《ゆが》ませ、すげなくエルナは断った。

「……悪いが銅貨は持っていない」

「お金はいらない、という意味だよ」

メイドとして働くようになってから、エルナにも給金が渡されている。見ず知らずの子どもに奢《おご》る義理はないが、腹を空《す》かした子どもにパンの一つや二つあげたところで痛む懐ではない。

食べ終わったらしく、「しかし」と文句の声を上げようとしたドラフェから包み紙を取り上げ、くしゃりと握りしめて立ち、街に設置されたゴミかごに投げた。

そして少年の前でむん、と腰に手を当て見下ろす。

「もらいすぎるお金は迷惑ともいえる。文句があるなら、その金貨を銅貨に替えて持ってきて」

「……つまり僕は、世間知らず、ということか」

「そこまで言ってないよ。世間知らずということなら、私もそうだもの。ねえ、それよりなんでこんなところに来たの？　これも何かの縁だし、お祭りを見て回りたいっていうなら付き合うよ。でも、なんだかちょっと違うんじゃないかなって」

エルナはドラフェの隣にすとんと並んで座った。

むっつりと口をつぐみ続けていた少年だったが、エルナの問いには幼い顔に似合わない眉間のしわを作った。そして随分時間をかけて口を開いたときには、今にも消えてしまいそうなほどの頼りない表情で、じっと自分の手を見つめていた。

そしてぽつり、ぽつりと言葉を落とした。

「僕には、年が離れた兄がいるのだが……」

「うん」

「兄上はな、すごいんだ。なんでもできて、誰からも尊敬されて」

「う、うん」

「しかし僕は、ちょっと兄上と見かけが似ているだけで、それ以外に秀でたところなど、何もなく……」

「待った待った、話がずれてる」

泣き出しそうなほどにずんずんと表情を曇らせていくドラフェにエルナは思わずストップをかけた。しかしさらにドラフェは落ち込み、肩を丸めて小さくなる。

「兄上のようになりたいのに僕は何も知らない。金貨でパンを買えないことも知らないなんて、自分でも驚いた。……お供をつけて外に出るんじゃなくて、もっと近くで、自分の目で街を見たかったんだ。そうすれば、ちょっとは兄上に近づけるのではないかと。兄上が忙しい今日なら、少しくらい外に出ても僕がいなくなっても騒ぎは大きくならないだろうし……」

「それでも心配する人がいるなら、やっぱり勝手に外に出たらだめじゃない？」

「ただのメイドのくせに偉そうだな」

「……ええっと」

「でも、お前が正しい。これ以上騒ぎになる前に、帰ることにしよう」

すっくとドラフェは立ち上がり、街の人々を眩《まぶ》しそうに見つめた。

『玉座に座っているだけでは見えないものもある』

随分昔、ヴァイドが同じことを言っていたことを思い出した。そうしてエルナルフィアの背に飛び乗り、よく宰相を怒らせていたものだ。

少年の小さな背に同じ姿を重ねていると、「ところで、ここがどこなのか僕にはよくわからない。案内を願うぞ」と尊大な態度で彼はむん、と胸をはったので、おいこら、と思わないでもない。

「次は、きちんと正式な手続きを経て街に出ることにする」

振り返りこちらを見る金の髪の少年の姿は、少しだけ悲しげに見えた。

そのときふと、泣き声が聞こえた。小さな子どもが、ええん、ええんと大声を上げて空を指さしている。どうやら風船を手放してしまったらしく、風船はすでに高く昇りぽつりと小指の先程の大きさになっていた。あれではさすがのエルナでも届かない。空に馴染むことのない赤い姿が静かに遠ざかって消えていく。エルナは寂しく、目を眇めた。

するとドラフェは木の枝にくくりつけていた自分の風船を持ちながら迷うことなく子どもに近づき、ぐいと力強く差し出した。エルナからは遠くてよく聞こえないが、ドラフェよりもさらに小さなその子は嬉しそうに飛び跳ねて、親はしきりに申し訳なさそうに頭を下げている。

ずん、ずんと大股で戻ってきたドラフェは、どこか誇らしそうだ。

「……大切そうにしていたのに、よかったの？」

「もちろんだ。祭りは見るだけでも楽しかった。そのことを否定はしない。しかし今日の僕の一番の収穫は、知らないということを知れたということだ。これ以上は不要だろう」

ただの善意をなんともめんどくさく言い訳する子だなと思うと、途端に愛らしく思えてくる。ふんっ、とドラフェは大仰に腕を組んだ。そして、「僕の目が黒いうちは、この国で好き勝手をすることは許さんのだ。もちろん泣くことなんてもってのほかだ！」とお冠である。

「はいはい」とエルナはいなしつつ、城への道を戻ろうとしたときだった。

「ど、ドロボーッ！」

響いた耳をつんざくような悲鳴に、エルナとドラフェは同時に跳ねるように顔を上げて声の主を探した。どうやら聞こえたのは正面向かいの店かららしく、ガラスの大窓が激しく割れて一人の男が転がるように飛び出した。逃げ惑う足元からはじゃらじゃらと宝石がこぼれ落ちていく。

――すごく高価だから最近じゃそれを狙って宝石店に泥棒が入ったとかなんとか。

思い出すのはノマの言葉だ。

「宝石泥棒……？」

呟いたエルナの声を聞き、ドラフェは即座に逃げる男に向かって走った。

「いやこら、こらこら」

小さな体のくせに、必死に両手と両足を動かして、食らいつくように男の背を追う。その後ろ姿を見てエルナは頭を振った。

「ないないないない」

ため息をついて、おでこに手を当て顔をしかめる。「あー……」と、勝手に喉からため息のようなけだるい声が出てしまう。くしゃりと首筋と一緒に髪をかき、しばらくそのままでぴたりと止まった。

「ああもう！　仕方ないなぁ！　ん……っもう！」

ダンッ！　と地面を踏みしめた瞬間エルナは驚くべき跳躍で、飛ぶように疾走した。

＊＊＊

その姿を見ていたのは、先程ドラフェから風船を受け取った幼子一人である。通り過ぎた強風は風船を揺らし、子どもはぎゅっと両手で紐を握りしめた。

「きゃあ！……びっくりしたね、大丈夫？」

風の残滓《ざんし》が忘れられないとばかりにさわさわと小さく揺れる木々の枝の下で、親の言葉に子どもはこくこく、と無言で頷いた。

そして、エルナが去っていく姿をぱちぱちと瞬きをしながらも見つめていた。

＊＊＊

泥棒をドラフェが追いかけ、ドラフェをエルナが追いかける。

その構図は一瞬ののちに変わった。エルナはたちまちドラフェに追いつき、その隣に並んだのだ。

「くそ、どこに消えた……って、お、お前、いつの間に!?」

「そんなことどうだっていいよ、泥棒を捕まえるんでしょ！」

エプロンドレスをはためかせ悠々と走るエルナを見て、ドラフェはぎょっと目を見開き驚愕《きょうがく》の叫びを発した。が、すぐに叱咤《しった》の声に顔を引き締め前を向くが、すでに追っていた泥棒の姿はかき消えている。祭りの人混みに紛れ姿をくらませてしまったのだ。

「卑怯《ひ》 者《きょうもの》め！　姿を現せ！」

真っ赤な顔で怒声を放ちながら必死に走るドラフェを人々は何事かと振り返るが、大通りに向かう道はさらに人が溢《あふ》れ走りにくいことこの上ない。

（人の流れにそってこのまま逃げるつもりね）

エルナはざっと視線を巡らせ現状を確認した。

「ねえ、泥棒の服装は茶色いハンチング帽子と緑のベスト。これで合ってる？」

「合っているが、一体」

「一応伝える。舌、噛《か》まないでね」

ドラフェの返答を聞くや否や、エルナは少年の腰もとを片手でひっつかみ、深く沈んだ。

「ひっ、な、何をする気だ⁉」

——そして、飛んだ。

「あ」

エルナよりは背丈がないとはいえ、軽々と持ち上げられたことに、まさかと少年は瞠目《どうもく》する。そして呆気《あっけ》に取られたようにぽかんと口をあけるしかない。

「あ、あ、あ」

それは飛翔《ひしょう》に果てしなく近い跳躍だ。しかしエルナが知る空には、果てしなく遠い。

「ああああああ！」

荷物のように軽々と少年を小脇に抱えて、エルナは飛んだ。

瞬間、大通りに軒をつらねる民家の屋根の上に両足で着地する。屋根の瓦が、二人分の体重にきしみながら弾《はじ》け飛んだと同時に、「んぎゃあ！」とドラフェはしっぽを踏まれた猫のような声を出した。

「こっちの方が見つけやすい！　行くよ！」

人の背に埋もれて見えないのなら、上から見ればいいだけの話だ。と、おおざっぱにも考えた結果なのだが、「ふざ、ふざけるなぁあ！」とドラフェはじたばた暴れている。

「下ろせ、いや待て、ここでは絶対に下ろすな！」

「二つのことを同時に言われたって難しい！」

「なんなんだお前は！　くそ、行け！　やるなら思いっきり、行けぇ！」

「了解ッ！」

ぽん、ぽんと空には昼花火が打ち上がり、ときおり風船や紙吹雪が舞っている。空は賑やかな祭りの喧騒を滲ませている。

白いシニヨンキャップは吹き飛び消えてしまった。エルナのアプリコット色の腰までの髪が空の青の中にうねるように膨らみ溶け、長いスカートがひらめいた。

そうして向かいくる風すらも裂き、屋根の上を疾走するエルナに気づき指を差す者。驚く者。彼らすべての視線すらも瞬く間に飛び越えて、エルナは風の中を駆けた。

踏みしめる度に瓦が弾ける音がする。なぜだか喉がひくつくように動いてしまう。どうしてだろうと不思議に思うと勝手に自分の口元が笑っていることに気がついた。

――楽しい。

空に近い場所にいることがこんなにもわくわくして、楽しくて――そして、嬉しい。

「あは、はは、ふふふ、ははあ！って、うわっ！　ごめん起きてる!?　大丈夫!?」

大笑いしてしまった後に、なんだかんだと絶叫を上げたり暴れたりと忙しくしていたはずのドラフェがエルナの小脇でくったりとしていることに気づき、ぎょっとした。やってしまった。

「お、起きて！　起きて！　目を覚まして!?」

屋根の上を変わらず疾走しながらさすがのエルナも狼狽《ろうばい》しドラフェに声をかけ続けると、恐怖に意識を失っていたドラフェがぴくりと動き、寝ぼけたような声で呟く。

「ふわ……茶色いハンチング帽子と緑のベスト……見つけたぞ！」

くわ、と金の瞳を見開き、ドラフェは両手両足をじたばた動かす。眼下では人の波をかきわけるように、茶色い帽子の男が走っていた。

「でかした！」

即座にエルナはスカートを翻し飛び降りた。もちろんその直後には、少年の可哀想な悲鳴も空に響いていた。


唐突に眼前に降ってきたエルナを見て急転換することもできず、茶色い帽子の男は宝石を抱きしめたまままたじろいだ。

「盗んだものを、返せ！」

「ちょっと！　危ない！」

エルナの拘束から逃れたドラフェは逃すまいと必死に細い手足を伸ばし、足をふらつかせながらも行く手を遮るように立ちはだかる。

祭りの見物客たちが何事かとざわめく声が広がり、次第にエルナとドラフェたちから円状に距離を取る。宝石泥棒は困惑したように慌てて周りを見回し、荒い息を吐き出した瞬間、かっと叫んだ。

「邪魔だ、どけ！」

男はドラフェを弾き飛ばそうと片手を振り上げた。が、即座にエルナは少年の襟首に手を伸ばし、引っ張るように自身の背にかばう。

『――ごんす！』

「う、うわぁあ!?」

そしてエルナのポケットから飛び出したハムスター精霊がひまわりの種の殻を激しく男の顔に投げつけた。片手で顔を覆った男は驚き、ふらつく。

「くそ、なんだ今のは、くそ……っ！」

すでに人垣に阻まれ、逃げ場などない。ぽとりと男は帽子を落とした。次に顔を上げたとき男の目は血走り、エルナと、さらにエルナを通り過ぎるようにぎらりとつり上がった瞳でドラフェを睨んだ。

「俺の、邪魔をするな！」

男の輪郭がぐにゃりと歪み、練り上がるように湧き出たのは水の魔力だ。

（――魔力持ち！）

人目など気にしている場合ではない。エルナは男の幾倍もの速度で魔術を完成させ、右腕に炎をまとった。水はエルナがもっとも苦手とする属性だ。津波のように轟々《ごうごう》と唸り膨れ上がる水の壁を

消滅させる方法はただ一つ。水を蒸発させるほどの、特大の炎を叩き込むしかない――それこそ、相手の術者を焼き殺すほどの炎を。

その判断をエルナは瞬き一つの間に行い、同時に男に対し右の手を叩きつけた。暴れ狂う炎は水を食らいつくし、術者は骨すら残らず消し炭となる――はずだった。

「……え？」

唐突に、エルナの紡いだ魔力のすべてが消失した。

男を呑《の》み込まんと溢れ出た炎は目的の眼前でぴたりと消え失《う》せ、エルナはただの小娘と成り果てた。

「…………っ！」

そのときエルナはねじれあがるような自身の感情を押しこらえ、せめて背後の少年を守るべく、細い両腕を俊敏に広げかばう。すでに水の魔力は幾本もの氷の矢じりに変化している。数秒のち、そのすべてが四方八方からエルナの全身を射貫《いぬ》くであろうことを覚悟した。

そのとき、爆風が地面から吹き上がった。

「ひ、ひゃあああ！」

「きゃあ、ひゃああ！」

周囲の人々の悲鳴すらも呑み込み轟々と巻き上がる風の中で、エルナも体を固くさせながら自身とドラフェを守る。

ふ、と風がやんだ。顔を上げると、砕けた氷が雪のようにかすかに輝き、空からはらりはらりと降り落ちてくる。

一体何が起こったのか。エルナを狙った男すらも呆然《ぼうぜん》として空を見上げていたが、すぐさま周囲のざわめきに顔を引きつらせ、ぎょろぎょろと辺りを見回している。

（何、この様子……？）

先程の悲鳴とはまた違った、まるで浮き足立っているような声を人々は上げていて、その声は段々と波のように近づいてくる。とうとう人垣を裂くように歓声とともにやってきた人間の姿を見て、エルナは「あっ」と小さな声を出した。

「――この佳《よ》き日に騒ぎを起こすとは。羽目を外すにしても少々おいたが過ぎるな」

金の髪は太陽を背にしているからか、いつも以上にきらびやかに輝いている。

じゃらんっ！　と彼の装飾が音を鳴らした。重たいはずの服の装飾もなんの問題もないとばかりに彼は堂々とした立ち振る舞いのまま、エルナたちを見下ろした。

そのやってきた青年――クロスの背後には近衛兵《このえへい》が慌てたように走り寄り、人々も王の姿を目にして歓喜の声を上げたが、ばらつくように平伏する者もいる。

混乱ひしめく状況だった。近衛兵たちは領民たちに離れるようにと対処しようとするが、「構わん」とクロスは悠々と片手で制していた。

（……なんで、こんなところにクロスが）

エルナはいつの間にか座り込んだ格好のまま、呆然とクロスを見上げた。

そしてはたと気がついた。宝石泥棒は人が多い場所へと隠れるように逃げたが、人が多いということは王を見物しに来る人々の波に呑まれていたということだ。だったらクロス自身が騒ぎを聞きつけたとしてもおかしくはない。

エルナの命を狙い放たれた矢を吹き上げた先程の風もクロスの仕業なのだろう。

この場に、クロスはただのクロスではなく、騒ぎを収めるために王国の主として存在している。

それならばとエルナは声を張り上げた。

「その者は先程宝石店にて盗みを働きました！　どうかご闡明《せんめい》を！」

「ふむ」

クロスは鷹揚《おうよう》に頷き、エルナに目もくれずに男を睥睨《へいげい》した。

もちろんエルナは、その彼らしからぬ仕草が王としての義務であることは理解している。

「宝石店を狙う悪たれのことは把握している。が、その犯人とするにもこの場のみでは判断がつかん。しかし、正当性もなく他者を害するほどの魔力を許可なく行使する行為は重罪だな。さて、丁寧に調べてやるとするか」

ぱちりと指を鳴らし、「捕らえろ」と短く指示する。

「はっ」

「やめろ！　放せ！」

拘束された男は体を震えさせるように暴れ狂ったが、抵抗が無意味と知るとうなだれながらくずおれた。なんとまあ、あっという間の物語だ。

男が連行されたのちも眼前に存在する王に対する人々の興奮は未《いま》だ消えずにささやき頬を紅潮さ

せたが、近衛兵たちに誘導され徐々に人の流れは元通りになっていく。

そんな住人を確認したのち、「さて」と、クロスは腰に手を当て眉間のしわを深めた。

ちらりとエルナに視線を向け金の瞳をすっと細め、問いかける。

「――一国の王子が、なぜこの場にいるのか。説明を聞かせてもらうとするかな、フェリオル」

エルナの背に隠れていたドラフェだが、ぎくり、と体を震わせたのが伝わる。ちらりとエルナは振り返った。

「あ……兄上……」

こうして見ると、髪の色にせよ、瞳にせよ、少年はクロスとそっくりである。二人は互いに金の双眸《そうぼう》を見つめ合ったが、すぐさまドラフェは怯《おび》えるように顔をそらした。

クロスはそんな弟の姿に対して苦笑するようにため息をついたが、すでに兄の顔を見てもいない弟は所在なく身を縮めるだけであった。


「ねえクロス、あっちは何をしているの？」

「酒を配っているんだろう。振る舞い酒というやつだ」

「ふーん」

「まったく興味がなさそうだな」

「お酒を飲んだことはないから」

とりあえず今のところはね、と軽く答えるエルナに、そうかとクロスは頷きつつ少しずつ日が暮れる街を歩いていく。揉《も》め事《ごと》があったことなど嘘のように人々ははしゃいでいて、夜通し祭りは行われるらしく、広場の舞台は未だに大盛り上がりだ。

どうやら次は劇団による出し物らしく、台車に載った立派なはりぼての竜が通り過ぎるのを、「おお」とエルナは瞠目してから、今度は隣にいるクロスを見上げた。

「……ねえ、王様がこんなに堂々と外にいていいの？」

「すぐ隣に王がいるだなんて誰も思わんものだ。さすがにフードくらいはかぶりはするが」

「そんなものなのかな……？」

首を傾《かし》げてしまったが、そんなエルナに対して、「うむ、案外平気だ」となぜだか自信満々であるクロスは、今は重たい装飾を投げ捨てて身軽な町人服に身を包んでいる。

さすがに目立つ服装のまま街を歩くわけにはいかなかったので、手ごろな店で調達した際に合わせてエルナも着替えることにした。今は町娘のようにただの裾の長いエプロンドレスに袖を通しているが、なんだかすごく慣れないぞ、と思ってしまう自分が不思議だ。いつの間にかクロスに仕立ててもらった城のお仕着せがしっくりきてしまっているらしい。

「……弟のことでは、世話をかけたな」

「え？　ううん、それは別に。偽名に竜を使うくらいだもの。可愛くしか思えないよね。もともとそうかな、とも思ってたし。――ジャンヴァイドフェリオラディオル・エル・ウィズレイン、でしょ？」

舌を噛むこともなく弟の名を鮮やかに言いのけ、ふふりと自慢げなエルナの様子を見て、クロスは返事の代わりに苦い笑みをこぼした。

まるで呪文の如《ごと》く長い名ではあるが、もとは二番目の王子、そして今は王弟殿下として扱われ、フェリオルという愛称を持つ少年がいることをエルナはもちろん知っていた。

以前にノマから話を聞いた際にコモンワルドへと確認をし、必死に名前を覚えたのだ。

城壁のてっぺんからエルナのもとに飛び込んだ少年はクロスと見かけも同じならば、出会った場所も場所である。

それに偽名がドラフェとくれば、わかるなといわれる方が無理に近い。

以前にクロスは、『この国の人間はなんでもドラをつけたがる』と言っていたが、少年も例に漏れずだったというわけだ。なんだかとても微笑ましい。

――なので幼い王弟殿下を一人で放り出すわけにもいかず、今の今まで付き合っていたというわけなのだが。

エプロンドレスのポケットに移動したハムスター精霊がぴょこんと顔を出して『ごんすごんす』と相槌《あいづち》を打っている。一応こちらもわかっていたらしい。察しのいいハムである。

城から抜け出していた事実がすっかりバレてしまったドラフェ、もといウィズレイン王国王子フェリオルだが、兄の顔を見るとまるで借りてきた猫のようにしょんぼりと小さくなり、近衛兵とともに城に帰ってしまった。その際に兄にはおずおずと謝罪の言葉を述べ、同時にエルナにまた会おう、と言い残してくれた。

短い時間ではあったが、ほんの少し不思議な出会いだったようにも思う。「屋根はこちらで修理するように手配しておく」とついでにこっそり付け足された王弟の台詞《せりふ》には、ちょっとだけ耳の辺りが熱くなってしまったのだが。

空に対する渇望は自身では捨て去ったつもりなのに、ふとした隙にこぼれ出す。そのことが、二本足となった今では少しだけ恥ずかしい。

そしてなんやかんやと時間がたち、今は日が沈み落ちる街の中を今度は兄であるクロスと回り歩いていたのだった。

「……でもやっぱり、王様があんまりほいほい出歩くものじゃないような気もするけどな」

「するべきことは終えている。それに、俺がいなくて回らん形を作るつもりもない」

「そうじゃなくて……」

危険という意味で、と言おうとして考えた。何かあったところでエルナが守ればいいだけの話だ。

腰に手を当て、ふふんと得意げな顔つきをしようとしたエルナだったが、すぐに難しく表情を固めた。そしてゆっくりと自分の右手へ視線を落とす。

――あのときエルナは、練り上げた炎の魔力を向かいくる男に叩きつけようとしたはずだった。

しかし突如として魔力が消失した。

それは、紛れもなくエルナ自身の意思だ。

そのときのエルナは人を殺すことに無意識にも強く、不快な感情を持っていた。今も思い返せば指の先が震えるほどに、自身の内側が強く揺さぶりかけられた。

（……なんで、殺せなかった？）

竜であった頃は人などいくらでも殺した。人となってしまった今となっては、殺害はたしかに褒められるべき行為ではないとわかるが、あれはただの正当防衛だ。人の常識に当てはめてもなんの問題もない行為であるはずだった。

「………」

指を開き視線を落とすと、そこにあるのはただの白く小さな手のひらである。

考えてみると、初めてエルナがクロスの前で力を見せたときも、兵などいくらでも殺すことができたはずなのに脅しとして鎧《よろい》を溶かすことしかしなかった。

頭で理解している理屈と奇妙に混じり合わない感情がエルナの奥底で渦巻いた。

人は、いくらでも殺せる。けれども。

（殺したくは……ない……）

できれば、傷つけたくもない。

「エルナ、どうかしたのか？」

「い、いや。なんでも……えっと、クロス、あれは？　何を売っているの？」

名前を呼ばれ尋ねられ、見透かされたような気持ちでどきりと心臓が飛び跳ねる。

「え、本当に、何をしているの……？」

慌ててごまかすつもりで屋台の一つに指を向けたが、次第にエルナの眉が曇っていく。

その先ではまるで雲のように、見ているうちにふわふわ、もくもくと大きく膨らむ何かを店主が作って、店先に並ぶ子どもに渡している。

ふむ？　とエルナが首を傾げたとき、可愛らしく頬をほころばせた子どもは、顔ほども大きなそれに、はむっとかぶりついた。食べ物が大きすぎて、もう子どもの顔が見えないくらいだ。「ひぃい!?」と、エルナは素っ頓狂な声を出した。

「えっ、たべ、たべ、食べ物……!?」

「雲菓子だ。ちゃんと食べ物だ。砂糖を溶かして糸状にしたものをくるくると巻いている。甘くてうまい」

その後、「お前は何も知らないな」と柔らかい声で続けられたクロスの言葉には、不思議と不快感はなかった。クロスは流れるような動きで雲菓子を購入し、エルナの前に差し出す。

「……注文が手慣れている。さては自分の弟と同じことしてるでしょ。視察を兼ねて逃亡を」

「いいから食え」

「や、やめ……っ！　ふあっ！　あまふかぁっ」

幸せのあまりに新しい言語を生み出してしまった。

ふわふわの菓子は含むと口の中でとろけて、自然と顔が緩み唸ってしまう。

「ああ、うう、ああ」

いきなりの甘いものはよくない。おいしすぎるものは、食べすぎてはよくないのだ。エルナは片手で胸を押さえてはあはあと息を荒くしながら、顔を近づけたり、遠ざけたりと忙しく、その様子をクロスはにまにまと見下ろしている。

最終的に誘惑に負けてしまいふかふかと雲菓子に顔を埋《うず》めていると、「俺はな、エルナ」とぽつりとクロスは呟いた。

クロスは日も暮れ始めるというのに未だ祭りの熱気が収まらない街を見つめ、どこか物悲しげに瞳を細めている。

「フェリオルの行動に、そう目くじらを立てる必要はないと思っている。もちろん手放しに褒めることはできないが、無謀さは言い換えれば勇敢さだ。あいつは、あいつなりの形でこの国を守ろうとしている。きっと、いつかは立派な王に成長する。けれども、俺はだめだ」

こんなにもたくさんの人がいる。それなのにクロスはただ一人きりで立っているようにも見えた。金の瞳が夕日と入り混じり、するりと今すぐに消えてしまうような。

思わずエルナはクロスの服の裾を指の先で摑んだ。クロスはそんなエルナに気づき、口元だけに笑みを乗せたが、ふいと正面を見据え、どこでもない何かを見ているように感じた。

「——この国は。ウィズレイン王国は、俺のものだ」

吐き出されたのは、ぞくりと腹の底まで冷えるような声だ。

赤く染まる落ちる夕日が、じわじわと街を染め上げていく。人々の声が遠く、エルナの耳を通り過ぎる。見開かれた爛々《らんらん》と輝く金の瞳は瞬きすらも厭《いと》うように、街のすべてを眺望する。……が、すぐに青年の瞳は優しく細められた。

「過去の王の記憶がそう言って主張する。……しかし、そんなわけがない」

クロスは片手を差し出し、街の中に埋もれようとする夕日に指先をからめ、太陽を握りしめる。

そして、ゆっくりと開いた。

もちろん、そこにあるものはただの空っぽの手のひらだ。

「王とは、玉座を民から借り受けているだけにすぎん。この体に、田畑を切り開きウィズレインと名を付けた記憶があろうとも、国は、決して個人が所有するものでも、所有すべきものでもない」

そうして吐き出されるのは、はっきりとした拒絶の言葉だ。

「俺はこの国の王にふさわしい人間ではない。いつの日か、俺はこの座を返還せねばならん。そして譲り渡す相手として、フェリオルは申し分がないと思っている」

何でもできる兄と自分を比べて落ち込んでいたフェリオルだが、自分自身のことこそよく見えないものなのかもしれない。

雲菓子を食べることすらも忘れてエルナはクロスを見上げた。

（そうか。クロスはずっと一人だったのか……）

エルナにはクロスがいた。けれど幼い頃に過去の記憶を思い出したという彼は、ただ一人苦しみ続けたのだろう。途端に胸の中が苦しくなった。過去は過去であると言い切ることができたらどんなにいいだろう。

苦しみも、悲しみも、喜びも。何もかも、地続きのように生まれ変わってしまったのは、エルナだけではない。

「……だから、自分には難しい、と言ったの？」

キアローレと大樹の下で、国を見守り続けてきた彼らに対してクロスがこぼしていた言葉だ。どうしても、奇妙な違和感があり記憶に残っていたのだ。

エルナの問いに、「そうだ」とクロスは鷹揚に頷いた。

「もしお前が俺の嫁になったとしても、王妃としての責務を望んでいるわけではない、ということを伝えたかっただけだ」

なので安心して嫁にこい、と両手を開いて迎え入れる体勢となる彼はまったくいつも通りである。

最終的に全部そこに持っていかれるため、つっこむことすら忘れて曖昧な表情で青年を見上げると、

『ゆるぎないでごんすなぁ』とハムスターまでひっそり呟いている。

（ああ、そっか）

そのとき、ぽんっと気がついた。

クロスの年や立場を考えると、婚約者の一人もいないことを不思議にも感じていたのだ。もしかすると、自身がいつか退く立場であることを考慮し、あえて作らなかったのかもしれない。王の妻になるからにはそれ相応の期待を持つ方が一般的なのではないだろうか。

その点、エルナは権力がほしいわけではない。そんなものは過去に腐るほど持っていたから、今生ではクロスとともに静かな隠遁《いんとん》生活を送るのも案外悪くはないような気もした。

ふうん、とあえてそっけない顔を作ってみる。

「……まあ、考えておくよ」

「よしよし。あとはもう肯定を待つだけだな」

「びっくりするほど前向きだよね。もうつっこまないからね」

赤く染まった街も、人々も少しずつ暗く、空は星々の輝きに変わっていく。それでも賑やかさは

変わることなくどんちゃん騒ぎは終わらない。目をつむると、懐かしい思い出の中にどっぷり浸《つ》かることができそうだった。

気づけば、片手に指がからんでいた。

どきりとして目をあけると、クロスのいたずら笑いの声が落ちてくる。そっちを見ることなんて絶対にできないから、エルナは頬をわずかに赤く染めて、からむ指先にえいと指の中で返事をした。

青年の温かい手のひらはぴくりと跳ね上がったようにも感じたが、それはただのエルナの気の所為なのかもしれない。

寒い、つんとした冬の匂いがエルナの鼻の奥に沁《し》みて、人々のざわめきの中に消えていく。

「随分風が冷たくなった。この時期は、いつもそうだ」

「ああ、王都でも、やっぱりそうなんだね」

「しかしお前の手は温かいな。さすが火竜といったところか？」

「さあ、どうかな。クロスの手も、十分あったかいけどね。……それでも寒いっていうんなら、こうしていくらでも温めてあげるよ」

不思議とするりと言葉が出た。本当に、そうしてやりたいと願ったから。

返事の代わりにクロスは口の奥に笑いを含ませ、エルナの手を握りしめたまま頭を寄せた。今度は奇妙な緊張などなく、ほっと息が吐き出るだけだった。こんな時間が、ずっと続けばいいのに。

ふと、そう考えるくらいに。

けれど、エルナは知っている。人の時間などただの瞬き一つで終わってしまうと。

そう、幾度も思い知らされた。

まるで泡のように、あっさりと。

しゅるりと吹くわずかな風で――消えてしまうものなのだと。

＊＊＊

ぱちり、と何かが弾けた。

冷たい鉄格子の向こうにカンテラの明かりが明滅しつつ揺れている。ぱち、ぱちり。何度も消えて、点《つ》いてと繰り返す度に、男の姿が浮かび出て、また消えた。

鈍い赤銅色の光の中からゆらり、と見える姿は茶色のハンチング帽こそかぶってはいないが、土《つち》埃《ぼこり》で汚れた緑のベストは人々の記憶に色濃く残っているだろう。

宝石泥棒として祭りの佳《よ》き日を騒がせたその男はひたりと冷たい鉄格子を握りしめ、獣のように喉を震わせ、意味もない単語をただ吐き出した。いや、そのように見えた。

口元から唾が滴り、ぽたりと落ちる。無意味な言葉は、段々と人の言葉をなしていく。

男の瞳が、何かを捉えた。瞬間、摑んだままの鉄格子から必死に距離を置くように腕を伸ばし体をのけぞらせ、顔を引きつらせた。

「嫌だ！」

暗闇が返事をするわけがない。

だというのに、男の声は懇願するように勢いを増し、涙まじりの悲鳴を上げる。

「嫌だ、嫌だ！　俺は、失敗なんてしていない、邪魔が入っただけだ！」

牢《ろう》の中の誰かに向かって必死に懇願するように、男は何度も格子を叩いた。

うるせぇぞ、と隣の囚人があくびのような声で文句を伝えた。が、そんなことはお構いなしに、叫び続けた。

「こっちに、くるな！　くるな、くるなくるな！　俺は、戻りたくない！」

まるで、何かと話をしているようだった、と眉を訝《いぶか》しげにして隣の牢を窺《うかが》う囚人はのちに看守に伝えた。半狂乱の金切り声は辺りに響き、看守でさえも何事かと足早に足音を響かせながら走り寄った。しかし間に合うことなく、ぺしゃんこに男は潰された。

「ひぎ、ぎゃうっ」

血の一滴すらも残さず影が呑み込み、死体すらも消え失せる。

男の小鳥のような最期の悲鳴は誰にも届くことはなく、騒ぎに駆けつけた看守は牢の中に誰もいないことを知ると目を見開き、片手に持つカンテラの火を驚きで揺らめかせた。

「なっ……!?　か、鍵は！　いや、間違いなく鍵はかかっている、なのに、どういうことだ……！」

看守は必死に牢の中を照らした。それでも見つからないと慌てて鍵をあけて、中を確認する。暗がりに明かりを向け目を眇めるようにして捜すが、もちろん誰もいない。

看守は真っ青になって振り返り、唇を噛みしめ叫んだ。

「クソッ！……誰か！　囚人が逃げ出した！　まだ近くにいるはずだ、捜せ！」

応援を求めるためにガチャガチャと鎧を忙しなく鳴らしながら看守は消え、あけっ放しとなった牢の扉が、きぃ、と頼りない音一つを残して静かに揺らめく。

そして、その奥には。

赤い爛々とした一対の瞳が、暗闇の中でただじっと、見つめていた——。

第六章　火竜、エルナルフィア



祭りも終えて二日もたてば、浮き足立った皆の様子も段々と元通りになってくる。

ノマは相変わらず恋人ともそうでないともいえない相手と喧嘩《けんか》をしたり、仲直りをしたりと忙しいようで、エルナはなんとも微笑《ほほえ》ましく見守っていた。

（私もお祭りの日はなんだかんだと、仕事を抜けてしまったし……）

巻き返すべく、ふんっといつも以上に気合を入れてメイド業に勤《いそ》しんだ。

こんもりと服が溢《あふ》れた洗濯かごを両肩に載せてずんずんと進むと、通り過ぎたメイドや兵たちは、二度見、どころか三度見はしてエルナの肩にずんぐりと積もる洗濯物に目を瞬かせていたが、エルナ本人はまったく気にしていない。いつでも効率優先である。ずんずこずんずこ。

力はある。体力もある。

ぴたり、と勝手に足が止まってしまった。

（……でも、何か、変だな）

――俺はこの国の王にふさわしい人間ではない。

寂しげに、けれどもはっきりと、クロスはそう言っていた。

いつしか弟に玉座を明け渡すことを考えていると話したあの日のクロスの横顔を思い出すと、急に自分自身が役立たずになってしまったような気分になる。踏み出すごとにぱらぱらと足元から道が落ちてなくなるような、不確かな不安があった。

（私が、生まれ変わった理由は、クロスとともに死にたかったから……）

クロス――いや、ヴァイドは、どれだけ強かろうともただの人で、竜であったエルナルフィアとは何をしても埋まることのない寿命の差があった。ただ一匹、取り残されたエルナルフィアは、死ぬことを願った。

同じ種族となり、同じ生を営む。これはすべて、エルナの願いであったはずだ。

……なのに、どうしても胸の奥が苦しい。

（それにどうして……人を、傷つけることができなかったんだろう）

何度考えても自分自身が理解できない。洗濯かごを抱えたまましん、と立ち止まって足元を見た。風に流されてきたらしい精霊たちがころころと楽しそうに遊んでいて、ぴょこん、とハムスター精霊がエルナの頭の上から飛び出した瞬間である。

「エル……ギャーッ!?」

『ンジュラァアア!?』

ノマがエルナが抱えていた山ほどの洗濯物に両手を上げて驚き、連鎖的にハムスター精霊が跳ねながら縦に伸びた。そしてエルナの足元で遊んでいた精霊たちも吹っ飛んだ。

「ノマ？　どうかした？」

「びっくりしたじゃない！　ちょっとそれ、持ちすぎよ！　頑張りすぎよ落としちゃうわぁー！

……っていうか今この世の終わりみたいな鳴き声がそこにいるハムスター辺りから響かなかった？」

『……ハムハムゥ？　ハムゥ？……ハムだっチュウっ』

「あら？　あなたそんな鳴き声してた？」

何かものすごく変じゃない？　とノマはぬっとエルナの頭に乗ったハムスターへと顔を近づけた。

訝《いぶか》しまれているらしいハムスターのふりをしている精霊はといえば、必要以上に黒目をくりくりしぱしぱさせている。

なんとなく自分の頭の上の様子を察したエルナは話題をそらすべく「それで、恋人と仲直りできたの？」と尋ねた。

「恋人じゃないわよ！　ただの幼なじみよ！」

拳を握りしめてノマは反射的にお決まりの返答をした後、自分自身の大声にはっとして咳《せき》を一つつき、ほっぺを赤くしたまま、「まあいいわ、そうじゃなくて、コモンワルド様からの伝言よ」と執事長からの言葉をエルナに伝えた。

そのときエルナはというと、その伝言を聞き、「……ん？」と眉をひそめつつ、とりあえずと目的の場所に向かうことにしたのだった。

「エルナ、お前が捕まえた宝石泥棒だが、昨夜、牢《ろう》の中から消え失《う》せたと兵から報告が上がっている」

「消え失せた？……逃げたということ？」

「おそらく」

陛下があなたを呼んでいるようなのよ——とノマから教えてもらいクロスの執務室に向かうと、椅子に座り渋い顔をした王に出迎えられることになった。

そして件《くだん》の話である。

「騒がしいのを不審に思った看守が様子を見に行くと、すでに囚人の姿はなくもぬけの殻になっていたという。そしてどれほどうまく逃げたのか、どこを捜しても見当たらん。未《いま》だ多くの兵が捜索に当たっている状況だ。捕らえられていた囚人は魔力封じの鎖をつけられ、もちろん身体検査も行われていたのだが……」

ぎしりと音を立てクロスは椅子の背にもたれる。

もちろん、見逃しがあった可能性はある。だが何にせよ兵士たちの目をかいくぐったことは事実であり、一体どんな奇術を使用したのか。「さらに」と続く言葉にエルナはわずかに眉をひそめ、次を待った。

「囚人とは別に保管されていた《竜の鱗《うろこ》》まで消え失せた。詳しい調査が終了したのち、盗まれた宝石店に返還する予定だったのだが裏目に出た」

「逃げるだけではなく、わざわざ宝石まで持ち出したということ？」

「《竜の鱗》は観賞用以外にも強力な魔術の媒体ともなり得る。一つひとつは微々たるものでも、今までに盗み出した数を考えると……」

そこまで言って、クロスは長いため息をつき、くしゃりと髪をかきあげた。

王都以外にも地方の宝石店も被害にあっていたと聞く。すべてが同じ犯人かどうかは不明だが、懸念材料は多い。思わずエルナは今もクロスの胸元に下げられている盗まれた宝石の名の由来であるエルナルフィアの鱗を見つめたが、見かけが似ているというだけでもちろん別物である。

《竜の鱗》とはエルナルフィアの鱗と姿がよく似た、希少価値のある鉱石だ。今回の件から、エルナもエルナで調べはしたのだ。《竜の鱗》はガラスのような見た目という点は本物の竜の鱗と同じだが、光にかざすと薄く虹のような光彩が見えるのが特徴である。

「……賊は監視の上、収監されていたはずだ。しかし結果が伴わぬ以上はこちらの手落ちを認めざるを得ないな。仲間が手引した可能性も視野に入れてはいるが」

「逃げた男の名前もわかってないのよね」

身元がわからないのなら、捜査自体も闇雲なものになってしまう。間に合うだろうか、とふとエルナが考えたことも知らず、クロスはあっけらかんとして「名は判明しているぞ？」と返答した。

「わかってるんかい！」

それならそうとさっさと言ってほしい。エルナの代わりに頭の上でハムスターがほええとずっこけている。いやそこまでしなくていい。

「尋問は終えていたと言っただろう。今回捕まえた男の名は、ニコラ。名字はない。ハルバーン公爵家の使用人だ」

「ハルバーン……？」

――エルナルフィア様、もしよければ私の娘になってはいかがでしょうか？

赤髪の獅子《しし》のような男のことは、エルナの記憶にも新しい。

まさかこんな形で名前を聞くことになるとは思わなかったと瞠目《どうもく》する。丁度、今と同じ執務室でエルナを養女とすることを公爵が提案したのはついこの間のことだ。

「ついでに伝えておくが、以前から行っていたカルツィード家の調査だが、男爵家領から炎の魔術を扱う者が姿を消す事例が発生していることもわかった。そしてその行方不明者がハルバーン家に送られた形跡もある……取り調べの中でカルツィード男爵本人も、金のために公爵のもとへ行ったと証言している」

エルナはさらに目を丸くした。エルナの母以外の人間も被害に遭っていたとは知らなかったのだ。ウィズレイン王国では人身の売買は認められていない。だからこそ今回の件の調査はクロスが指揮する形で今も行われているのだが。

「……それは、なんというか」

驚きはしたものの、すぐに眉を寄せ苦い表情に変化させるエルナを見て、クロスは手に持っていた資料をばさりと机に投げ捨てた。

「ああ、出来すぎているな。まるで答えを示されている気分だ」

「たしかに公爵は炎の魔術を扱う者を優遇して雇っているとは言っていたけど、それはあくまでエルナルフィア教を信仰しているからというだけで、捕まえた泥棒は水の魔術を使用していたし、強いこだわりがあるわけではないんじゃない？　わざわざ自分が黒幕とわかる形で盗みをするのはおかしいと思うし」

「しかし理由はある。お前の義理の姉がエルナルフィアだと主張したときの茶番劇を覚えているか？　エルナルフィアの生まれ変わりを得ることで王家と貴族のバランスが崩れ反乱が起こったというお粗末な筋書きだったが」

クロスからすればエルナの義姉であるローラの虚言を暴くため、一時でもごまかすことができればそれでよかったのだろう。ハルバーン公爵から兵を借り受け、逃げ場のない状況を作り出したことは記憶に新しい。

「エルナを養子にするという話も、もとは公爵からの提案だった。彼からの申し出を断ったことで、まさに筋書き通り王家に権力が集中することを恐れ、武力となる炎の魔術を扱う者をかき集め、さらに《竜の鱗》という魔術を強化する武器を集めている……という可能性もある」

「まさか、本当にそうだと思っているの？」

「思うわけがない。無理やり結びつけただけだ。公爵との付き合いはこれでも長い。どんな人間かということは把握しているつもりだし、この話が事実ならかなり以前から準備を行っていたことになるが、お前がエルナルフィアだということを公爵が知ってからでは到底無理だ。時系列が完全に前後している」

クロスの言葉に思わずほっとしつつも、やはり違和感は拭えない。

エルナがハルバーン公爵と会ったのは一度きりだが、体は大きくはあっても決して奸計《かんけい》を巡らすような人間には見えなかった。オッホッホウ、と笑いながらファンシーな仕草で耳に手のひらを当てている地獄耳……という印象しかない。いやどちらにせよろくなイメージじゃないな、と思わず自分の額に手のひらを当てつつ唸《うな》ってしまったが、意外なことにクロスも同じような仕草をしていた。

どれだけ理由を考え否定しようとも王族と貴族の関係には深い溝があり、互いにすべてを理解し合うことはできない。

それは初代国王であるヴァイドでさえも長年頭を悩ませていたことだ。

「……何にせよ、今夜にでも公爵のもとへ使者を送る予定だ」

よし。ならば自分もそれに、と顔を上げたところで、「別に、お前の力を借りることを期待して伝えたわけではないぞ」とあっさり否定されてしまったので、「え？」と拳を握りしめたままの体勢で瞬いてしまった。そんなエルナを見てクロスはふふりと笑ったが、すぐに顔を引き締めぴんと背筋を伸ばし、通りのいい声で口を開いた。

「お前にも関わりのある話だからこそ伝えただけだ。……すべてが解決するには、まだしばらく時間がかかる。本当にすまない」

「え？　えっと」

まっすぐに見つめられながら改めて伝えられると何をどう伝えればいいのかわからなくなってくる。

青年の瞳の中には、静かに怒りの炎が燃えていた。

クロスはエルナの母の悲劇をまるで自身のことのように怒り、調査の手を緩めることなくすべての罪を白日の下に晒《さら》すことを目指している。それがわかったから、エルナは握りしめていた拳をゆっくりと開いた。そして、自然と頭が下がっていた。

「……うん。よろしく、お願いします」

エルナの母であるから。エルナが、エルナルフィアの記憶を引き継いでいるから。クロスの怒りは決してそれだけが理由ではないことは、痛いほどに伝わった。

エルナがただのエルナだとしても、ウィズレイン王国の民の一人であると彼は考えている。

だからこそ、エルナは静かに礼を伝えた。

「ありがとう」

「まだその言葉は早いな」

にかりと笑う青年の背よりも高い窓の格子の向こうから差し込む光は、あまりにも温かだった。


「……と、言いつつも、できれば私も何か手助けをすることができたらいいなと思っての行動ではあるのだけれど」

『レッツ夜のお散歩、でごんすな。しかし今日もひまわりの種がおいしいでがんす。この一粒のために生きているでがんす。もぐもぐ』

「君は最近、どんどんハムらしさを失っていっているよね」

ぽそりとエルナの口からこぼれた声に対して、『ぢぢっ!?』と驚愕《きょうがく》の声を上げぷるぷるするハムスター精霊は相変わらずエルナの服のポケットから顔を出して存在を主張している。

まあいいけどね、とエルナは独り言のように呟《つぶや》き、すでに日がとっぷりと暮れた城の中をそっと見回した。ところどころに掲げられた松明《たいまつ》の炎が暗闇の中を風で揺らめき、わずかに辺りを照らしている。

　今夜にでもハルバーン公爵のもとに調査のための使者が送られるというのならば、エルナは別方面から今回の事件を調べることができるはずだ。逃亡した使用人が今更公爵のもとに身を寄せているとは考えにくい。ならば消えた宝石泥棒の消息を調べるにしても人の手が多いに越したことはないだろう。

　きょろりと周囲を確認したのち、足音を消すようにスカートの裾を柔らかくひらめかせ、エルナは城壁に近づく。巡回の兵士の気配を俊敏に察知し、一呼吸ののちに城を覆う壁を乗り越えて、すたりと地面に着地した。

『……おい。今、何か飛び越えなかったか？』

『まさか。殿下じゃあるまいし』

　壁の向こうの声を聞きながらエルナはすたすたと気にせず歩く。

　奇《く》しくもエルナの行動はついこの間のフェリオルの逃亡を彷彿《ほうふつ》とさせたが、警備の兵もまさか梯子《はしご》もなくただの人間が膂力《りょりょく》だけで飛び越えるとは思いもしない。

「ハルバーン公爵家に仕えていたという使用人――ニコラだったたっけ。消えた彼の足取りは、まだ摑《つか》めていない」

『ごんす？』

「色々考えてみたんだけど、ニコラと同時に保管していた《竜の鱗》も消えた。つまり一般的に考えるなら、消えた《竜の鱗》を追えば、ニコラのもとにたどり着くことができるってことだよね？」

街の人々は家々に帰り、静かなものだ。談笑しているのか、ときおり笑い声のようなものが建物の中から聞こえた。しんとした夜のしじまの中をこつこつと歩く自身の足音だけが耳に残った。

夜の街は、まるで裏と表のようだ。賑《にぎ》やかな祭りの様子を知っているからこそ、静かに頬をなでる肌寒い風と、吐き出す息の白さが妙に冷たい。

紺色に塗りたくられた街の道の真ん中で、そっとエルナはしゃがみ込んで目を眇《すが》めた。

「《竜の鱗》が消えてから、丸一日……。さあて、一体どこにたどり着いたのかな?」

『わかるでごんす?』

「うん。宝石の形はこの間、追いかけながら視たからね。魔力を探すだけなら、そんなに難しくないよ。城の近くだと結界が作用してよくわからないけど、これくらい離れているなら問題ない。さて——」

クロスから説明を受けた際、間に合うかとこっそりと考えたことはこれだ。

レンガの道にそっと片手を乗せると、指先からひやりと冷気が伝わる。それが一瞬にして逆流させるように、エルナの手から熱を伝える。

「視《み》ようか」

ぱちり、と瞬いた。

そのときエルナの青い瞳の中で、ちかりと星が輝いた。緩くウェーブを描いたエルナの髪が、ふわりと舞う。ぽとん、と。雨が落ちた。いや、それは光だった。夜の帳《とばり》が下りた道の中で、ぽとん、ぽとん、と淡く輝く足跡が、進むべき先を示す。

「なるほど、こっちか」

ぼんやりと夜の道を照らしている足跡――それは、空と同じ青い瞳を持つエルナだけが見ることができる印だ。

「《竜の鱗》の宝石は珍しくはあるけれど、この世に一つってわけじゃない。だから、この足跡もまったく別の誰かを追いかけているだけという可能性もあるけれど……行くだけ、損はないよね」

その印を見下ろしながら、とりあえず自分を鼓舞するかのように呟いてみた。

足跡は迷うことなくまっすぐに、どこかを目指しているように見える。歩幅が大きく、ときおりしっかりと形をなしていないのは急いでいたのか、足跡の主が走っていた証拠だ。

任せっぱなしは性に合わない。

自分もできることをするだけだとエルナは立ち上がり、くしゃりと髪をかきあげ流した。

「寒いから、入っといて」

ついでにぽすんとハムスターをポケットの奥に押し込む。『むちゅちゅ』と聞こえた文句の声に微笑み、前を向く。そして夜の街を走り抜けた。

――その道の先に、どんな苦しみが待ち受けているとも、知らずに。


「……って、ここ、教会……？」

たどり着いた先にあった建物をエルナはただただ呆然《ぼうぜん》として見上げた。ぽつりと道の端に立つ街灯が、細長い尖塔《せんとう》の飛び出た屋根を静謐《せいひつ》に照らしている。

なんとたどり着いた先は、何度か訪れた場所だった。

入り口の重たい木のドアのすぐ真上につけられた明かり取りは、しんと暗い。つまり、中に人気《ひとけ》はないということだ。

すでに夜も深まっている。誰もいないのは当たり前といえば当たり前で、エルナとしてみればすっかり出鼻をくじかれた気分だ。

「エルナルフィア教の教会……と、いうことはそもそも《竜の鱗》があったっておかしくはない、か……」

エルナは盗まれた宝石ではなく、《竜の鱗》そのものの発する気配を探っただけだ。魔力を高める力があるからその名が付いたのか、本当に鱗に似ているからそんな名が付いたのか、それとも両方なのか真偽は不明だが、同じ竜の名が付くものを教会が崇《あが》めていてもそれほどおかしくはないようにも感じた。

無駄足だったか、とため息をつくとポケットの中からハムスター精霊がぴょこん、と顔を出して周囲の様子を窺《うかが》っていることに気づいた。

「ほら、寒いって言ってるじゃない」

精霊が寒さを感じるのかどうかはわからないが、ぽにぽにの額をちょん、と優しく人差し指で突《つつ》きながら話しかけていたときである。

「……どなたかいらっしゃるのかな？」

ぎぃ、と重々しい音を立てあけられた扉の向こうからやってきたのはいつかの司祭だ。

白い服に身を包んだ、相変わらず柔和な笑顔の持ち主である。夜分遅くにすみません、と慌ててエルナは謝罪をして頭を下げると、どうせ年寄りは眠りが浅いのですと彼は微笑む。

「もしかするとカカミに会いに来てくださったのですか？　でも申し訳ないことに、あの子は今いないのですよ」

「えっ。こんな時間なのに……？」

「本当に一体、どこに行っているのやら。お嬢さんはご存じありませんか？　何かお心当たりでもあれば教えていただきたいのですが……」

司祭の目がきゅうっと見開かれたが、もちろん知るわけがない。

そういえば以前に訪ねたときにも同じような質問をされたと思い出したが、どうしてもあけられたままとなっている扉の向こうに視線が吸い寄せられてしまう。

捜している足跡はぽつぽつと輝き、教会の奥へと続いていた。

「どうかなさいましたか？　外は寒いでしょう。何があったのかは存じ上げませんが、よければ中にお入りください」

じっと床を見つめるエルナに、司祭は穏やかに話しかけた。導かれるように教会に足を踏み入れる。相変わらず中はがらんとして薄暗い。ぽつり、ぽつり……。近づけば近づくほど、魔力の匂いは濃く香る。

「……司祭様、ここに《竜の鱗》は、ありますか？」

「《竜の鱗》ですか？　もちろんありますとも。できれば本物のエルナルフィア様の鱗があればばいいのですが、そうもいきませんから。ただの宝石ですが、代わりとして祀《まつ》っております」

司祭の返答に対し、「そうですか。そうですよね」とエルナは自分自身を納得させるように頷《うなず》く。

「それより、カカミの行き先を本当にご存じありませんか？」

ぐい、と肩を摑まれ、エルナは眉をひそめた。

「……いいえ、カカミにはあれから会っていないので」

老人にしては随分力が強いような気もしたが、知らないものは知らないとしか言いようがない。

「すみません、本当にわかりません」と強く撥《は》ね除《の》け、距離をあけたときだ。

『ふんすふんす、でごんす』

なにやらハムが興奮している。

どうしたどうした、とポケットに手を入れるとちょろちょろと小さな体がエルナの服の袖から肩に上る。小さな爪に驚くほどに力が入り、服の上からでも痛いほどだ。そして『ふしゃぁ！』とふかふかの体を膨らませ威嚇し、髭《ひげ》をぴんぴんに逆立てた。

『――こいつから、種の匂いがするでごんす！』

「……種？」

エルナの耳に聞こえるように、しかしひそめられた声の意味を考えて、瞬いた。「可愛《かわい》らしいハムスターですねぇ」と司祭は微笑みながら、一歩近づく。

（種って……）

まさかひまわりの？　と記憶を遡らせる。

《竜の鱗》を盗んだ犯人の顔に、ハムスター精霊は思いっきり種を投げつけていた。その匂いが、司祭からすると話している。

（いや、さすがにそれは……）

ちょっとどうだろう、と訝しむように眉を寄せたが、そのとき小さな違和感を思い出した。ただの欠片《かけら》のようなひっかかりだ。

あのときはしとしとと静かな雨が降り、ステンドグラスを伝っていた。

その雫《しずく》が、ぽたりとエルナの胸に降り落ちる。

――エルナルフィア様は雨を好まれなかったと聞いております。不浄なものと忌み嫌っていらっしゃったとのことですから。

カカミと初めて出会った日のこと。雨宿りのために教会に立ち寄ったエルナに、司祭はたしかにそう言った。

そのときエルナは、ひどく奇妙に思ったのだ。

（エルナルフィアは、雨はたしかに苦手だった……けれど、忌み嫌うなんて、そんなことはない）

雨が降れば、自由に空を飛ぶこともできなくて忌々しく感じたものだ。ヴァイドを背に乗せて空を飛ぶことこそが、エルナルフィアにとっていつしか果てしない喜びに変わっていたのだから。けれども。

「……エルナルフィアは、雨を嫌ってはいない」

「はい？」

長い歴史の中だ。いつしか伝えられていく中で、姿を変えるものはあるだろう。このことも、その一つなのかもしれない。しかし、これは。

「……たしかに火竜であるエルナルフィアにとって、雨は不要な存在です。けれど、雨量が少ないことに悩むこの地に住む人々にとっては違う。雨は世界からの恵みだ。それを、不浄なものだなんて思うはずがない」

――もし本当にエルナルフィア様が転生なさったというのなら、ぜひとも教えていただきたいものなのですがねぇ。一体なぜ、こうもはっきりとさせないのか……。

言葉を吐き出すほどに、確信めいたものが沸き立つ。エルナはゆっくりと息を吸い込み、まっすぐに司祭を見上げた。

思い返してみれば、エルナを城の人間であると認識した上で伝えたとするならば、司祭の言動は悪意を滲《にじ》ませたものだった。エルナは自分自身が竜の生まれ変わりであるとわかっているからなんとも思うことはなかったが、通常のメイドであったのならばエルナルフィアの存在を不安視したに違いない。

(それに)

二度目に司祭と出会った祭りの日。

教会の扉をあけ、たしかに空っぽの室内を、エルナはその目で見た。

人がいない。音も聞こえない。それなのに――複数の、人の気配だけがあった。

「雨は不浄……そんな言葉が、本当に司祭様の口から出るものですか?」

「申し訳ございません、なんせまだまだ不勉強なものでして、何か勘違いをさせてしまったようですね」

「不勉強ですか。なら、この国の名もご存じない？」

眉根を寄せ、強い瞳のままで彼に目を向けるエルナに対して、司祭の返答はただ眉をひそめるのみだ。

様々な疑問が積み重なり、欠片が形を作っていく。

――お前がいると、まるで雨の中にでもいるみたいだな。

そう言って、すでにいない王はエルナルフィアに笑った。

ヴァイドを背に乗せ、雲の中に飛び込み体中をびしょびしょにさせる度に本当は嬉《うれ》しくてたまらなくて、そして楽しかった。今でこそ魔術や精霊術に頼り生活を安定させることができたが、竜の記憶に眠る遠い過去の人々は雨が降れば喜び、誰もが両手を広げて空の恵みに感謝した。

「雨量の少ない国を嘆き、また人々の未来を願って、ウィズレイン、《雨とともに生きる》と初代国王ヴァイドは名付けた。この国の名を知らないとは言わせない」

さて、と。エルナの青の瞳が、射貫《いぬ》くように男を見据える。

「――お前は、誰だ？」

がらりと空気が変わったということを、すぐさまエルナは理解した。

エルナの肩に乗っていたハムスターを、即座にポケットの中につっこむ。そして飛び跳ねるように司祭とエルナは互いに距離をあけた。——距離にして、長椅子が三列。初老とは思えぬ機敏な動きだ。

さらに先程から気配のみ膨れ上がっていたそれが、ぼとぼととこぼれ落ちる。

「誰かいるのはわかっていたけどね……！」

祭りの日と同じく、司祭以外の人間が息を殺して隠れ潜んでいたことには気づいてはいた。仮面をつけた男たちが、それぞれ握る武器を振りかざしてエルナに襲いくる。瞬間、腹部に拳を叩《たた》き込んだ。

あぶくを飛ばしながら教会の壁の端まで吹き飛ぶ姿を見送り、「ふうっ」とエルナは拳に息を吹きかける。

「別に、何人いようと問題ないよ。全員叩きのめしてあげるから。それにしても随分と怪しい場所を作ったものだね。司祭様も偽者ということは……わかっててカカミも逃げたかな？　どうりであの子の所在を聞き出そうとするわけだ」

巻き込む人間がいないならば、むしろ存分に暴れることができる。さらに二人、三人と飛びかかる男たちを、エルナは一人残らず叩きのめす。とうとう残った人間は司祭一人で、呆然とエルナを見つめている。

「眼鏡、ずれてるよ。大丈夫？」

「お、お前は、なんだ、その力は……！」

「馬鹿力の小娘なんだ」

じゃなきゃこんな怪しいとこ一人じゃ来ないよねと口の端で笑いつつも、これではクロスのことを怪力だと馬鹿にはできないなと、頭の端で考える程度には余裕である。

「ハルバーン公爵がエルナルフィア教の信者だというのなら、接点を作ればいくらでも怪しく仕立て上げることができそうだよね。自分の息がかかった使用人を送ることもそう。っていうか、牢から逃げた人はどこに行ったの？」

ハムスターが種を投げつけたのは司祭ではなく犯人に対してだ。まさか同一人物、というには顔が違いすぎる。

エルナの右腕にはすでに轟々《ごうごう》と炎が燃えていた。体を舐《な》め尽くすように燃え上がる炎は、少女の顔を静かに照らす。

「全部話してくれるなら、優しく燃やすよ」

司祭はへたり込みながら呆然とエルナを見上げた。はくはくと口を動かし瞳を忙《せわ》しなくきょろつかせるが、すぐにずれた眼鏡をかけ直し、顔に貼り付けていた柔和な笑みはかなぐり捨てて、にまりと表情を歪《ゆが》ませ立ち上がる。

「そうか……そうか、その魔術。魔力。お前こそが、エルナルフィアの生まれ変わりか……！」

もちろん、答える義理はない。

炎を身にまといながらも司祭に近づき、こつり、こつり、こつりと足音を立てる。

「ああ、ああ、アセドナの神よ！　なんという幸運でしょうか！」

司祭が叫んだ神の名は、エルナにも聞き覚えがある。少なくとも、この国の信仰対象ではないその神について詳しく問い詰めようとしたそのとき、教会の壁や、長椅子に埋《う》もれるように倒れていた男たちが、一人ひとり奇妙な角度で起き上がった。

「……もう、動けないはずだけど？」

吹き飛ばされ壊れた材木をゆっくりとかきわけ、ざくり、ざくりと近づく。がくがくと不自然な動きのまま立つ一人の男がつけていた仮面が、こつりと音を立てて床に落ちた。

露《あら》わになった目の焦点は合うこともなく、口元からよだれが一筋こぼれ、床を濡《ぬ》らす。

「……何これ、意識がないけど」

「神よ、神よ、神よ！　これで偽のエルナルフィアを作る必要などなくなりました！　この者を、捕らえることができれば、それで！」

「偽って、ちょっと、うわっ！」

意識のない男たちがエルナに飛びかかり、殴り飛ばそうとも、蹴り飛ばそうとも変化はない。

「なんで、この……！」

段々とエルナの首筋に汗が滲んだ。なんてことのない攻撃ばかりで避けることも容易《たやす》かった。けれどもエルナの体は、今は竜ではなくただの人だ。次第に肩で息をしながら、動きも鈍くなってくる。炎の魔術を使えば一瞬で男たちを炭にすることはできる。しかし、それでは彼らを殺してしまう。

明らかに男たちに意思はない。逃げることもできるだろうが、そうしたとき、彼らはどうなってしまうのだろうか。

（そんなこと、どうでもいい。いちいち考える必要なんてない！）

自身に言い聞かせて、唇を噛《か》みしめて体中の魔力を炎に変換する。そして、殺す。

一人残らず、殺す。心では、そう思っている。なのに体が動かない。殺したくない。人は殺せない。傷つけたくない。エルナの何かが、否定をする。――白い、骨。

まぶたの裏で、残光のように記憶が駆け抜けた。

悔しくて、悔しくてたまらなかった。わけもわからない感情ばかりが体の内で暴れている。

「さあ、お前たち、エルナルフィアを捕まえるんだ……！」

（何を、勝手な……！）

苛立《いらだ》つ感情を噛みしめた。なのに、やはりエルナの体は動かなかった。

『ちゅ、ちゅらぁ！　ちゅらー！』

ポケットの中で、暴れている声がする。息を吐き出した。

「大丈夫、守る」

話しかけたつもりではない。ただ、自身に言い聞かせた。危険とわかって飛び込んだのは、エルナ自身の意思だ。だから自分のことなど、どうでもいい。けれど、この子だけは守らねばと。

ポケットの中にいる、この小さな命だけは。

必ず、守らなければいけない。

＊＊＊

ざわりと風が鳴る音とともに、クロスはゆっくりと顔を上げた。

目の前には一本の剣がある。鬱蒼《うっそう》と茂る樹木の天井からは、わずかな隙間に星が瞬き、光がこぼれ落ちていく様が見えた。

「……エルナ？」

不思議とその名を呟いていた。

青年の胸元に下げられた鱗が、淡く明滅を繰り返した。握りしめると、ざわつく感情が流れ込み、ぞっと顔を上げた。そして、流れるままに剣の柄《つか》に手を置いた。

——つながっている。

どくりと、大きな音が響く。クロス自身の内側か、それとも。

キアローレはひどくクロスの手に馴染《なじ》んでいた。胸元で鎖がこすれ、音を立てる。ざわめく枝葉の隙間から、星が幾筋もの尾を引くように流れ落ちていく。握りしめた剣は、どこかにクロスを連れ去ろうとする。まるでおとぎ話の中にいるかのようだ。右も、左もわからないほどに落ちていく星々の中で、迷うこともなく。

クロスは——剣を、引き抜いた。

＊＊＊

「……なんで」

エルナは青い瞳をゆっくりと見開いた。寒いはずなのに額からは汗が噴き出ている。小さな精霊を胸元で守り、今は肩で息を繰り返している。

「うむ。呼ばれたから来てみれば、随分な状況だ」

「な、なんで、どうして、クロスが……」

「お前と俺はつながっている。そして、キアローレもな」

エルナの前に立ちながらにこやかに振り返るクロスの手には、古めかしい宝石が柄に埋め込まれた一本の剣が握られている。ただの剣は、長く人々に語り継がれることで物語となり、力を得たと以前にクロスは語っていた。

クロスは穏やかな顔でゆるりと微笑んではいるが、まるで落雷のようにも思えた。瞬く白い光が夜を裂き教会のステンドグラスを砕き落としたかと思うと、一人の青年がエルナの前に背を向け立っていたのだ。エルナはただただ瞠目するしかなかった。

月明かりの中で、クロスの背は不思議と今も輝いているように見えた。きらきらと、そっと光の雨が降っている。

同時に、エルナに襲いかかっていたはずの男たちはいつの間にか吹き飛ばされ、今度こそ意識を失っている様子だ。

「ほら、エルナ」

エルナの手からハムスターの精霊はするりと逃げ出し、ポケットの中に収まる。

クロスから差し出された片手を、しばし瞬《まばた》きしながら見つめ、慌ててあいた手を伸ばすとすぐにぐいと引っ張られた。かしゃり、と砕けたガラスを踏みしめてしまう。

「うわ、わ」

「まったく、俺の嫁は活動的でたまらんな」

「よ、嫁ではないと何度言ったら……」

『もうここまできたら嫁と認めるでごんす』

「二対一になるのはやめい！」

わちゃわちゃと話しているうちに、司祭はふらふらと立ち上がった。

「お前、クロスガルド王か……！」

血反吐《ちへど》を吐くような叫びだったが、エルナはきょとんと首を傾《かし》げてクロスを見上げる。

「クロスガルド？　誰？　また新しい名前？」

「長すぎるからな。そう呼ぶやつもいる」

「パターン多すぎじゃない？」

『ごんすごんす』

「わ、私を無視するな……！」と司祭は苛立つあまりに握りしめた拳を震わせている。

「悪い、あまりにも興味がなかった……とは、言ってはいられんな。これはどういうことだ？」

前半は司祭に、後半はエルナへの問いかけだ。

エルナはすっと瞳を細め、短く現状を説明した。

「そいつはアセドナを信仰している」

おそらく、これだけで十分だとエルナは判断した。

そして想像通りに、クロスは金の瞳をきゅっとわずかに見開き、すぐに司祭へと視線を戻した。

その神は、エルナルフィアの時代から存在する。ウィズレイン王国はもとは帝国の一部であり、この地で圧政を敷いた領主から独立した小さな国だ。そして、領主が信仰していた神の名は――アセドナ。

「帝国の手先か」

「わからないけど」

さて、とクロスが剣の柄を握りしめたときだ。

「神の名を、汚いその口で呼ぶな……！」

青筋を立て、揺らめきながら喉を震わせる司祭の姿には、すでに以前の面影はどこにもない。司祭が懐から取り出した玉のような何かに、エルナは全身の毛が逆立つように感じた。

砕けた天井からわずかに星の光が降りそそぐのみの夜闇の中でも、その玉は虹色の燐光《りんこう》を淡く灯《とも》し、同時に禍々《まがまが》しい力が噴き出している。

次第に呼吸すらも重たく肩で息を繰り返し、エルナはクロスの服の裾を握りしめた。どうした、とクロスが問いかける前に、「わかるか」と司祭はゆっくりと呟く。

「わかるか、この宝玉の意味が。これは、《竜の鱗》だ。ただの宝石ではない。《竜の鱗》と名の付く宝石をいくつも重ね合わせて作り上げた、本物のエルナルフィアの鱗だ。いや、そうなるはずだった」

すでに司祭は無力な男だ。それが、一体何を伝えようと言うのか。

「私たちは、長い年月をかけて擬似的にエルナルフィアの鱗を作り上げる方法を模索していた。いつか生まれ落ちるであろうエルナルフィアを手中に収めるよりも、人為的にエルナルフィアの鱗を作り上げ、偽物を祀り上げる方が現実的だろう」

国を内側から攪乱《かくらん》させるために、とでも言いたいのだろう。

その不安はすでにクロスも予測していたことだ。エルナルフィアの生まれ変わりが生まれたことで、小さなこの国は、これから大きく揺れ動く。ローラの偽証は多くの娘たちの前で行われたことだ。すでに各地に漏れ出ており、エルナの存在を伏せたところで、落とされた波紋は多くの変化をもたらしていく。

「どこぞの貴族の娘が、エルナルフィアであると戯言《たわごと》をのたまったと聞いたときはとても苛立った……。が、万一そやつがエルナルフィアである可能性もある。貴族の娘が竜であると認められる前に、こちらが先んじて動くべきと計画を前倒しにしたのだよ。……少々無茶をしたが」

《竜の鱗》と呼ばれる宝石の盗難が王都で相次ぐようになったのは、ここ最近のことだ。「しかし！　しかしだ！」と司祭は片手に持つ《竜の鱗》を幾度も突き出す。

「目の前に竜がいるとなればこんなものは、もう不要だ！　お前さえ、捕らえることができれば……！」

「……その偽の鱗は、どうやって作ったの？」

あぶくを噴いてのたまう言葉に、エルナはただ冷淡に返答する。目的は十分に知ることができた。

だからこそ、問うべきことはただ一つだ。

嫌な予感がした。握りしめた拳はじっとりと汗をかいている。

「……気になるか？　気になるな？」

「早く答えて」

「待て、エルナ。聞くな」

「いいや、お前は聞かざるをえない！　引き寄せられているはずだ、この……多くの者たちの魔力に！」

「耳を塞げ！　語り、伝えることは力にも変わる！　キアローレの伝承と同じだ！」

（……クロスの声は、聞こえる）

それなのに、どうしてだろう。

ただ、エルナは司祭が握りしめる宝玉から目を離すことができない。エルナをかばうように前に出ていたクロスの制止すらも振り切り、片手を伸ばした。


――視界が、真っ青に埋もれた。

溢れ出る司祭の魔力がとっぷりとエルナを水のように包み込んだ。

ざぶり、ざぶりとかきわける動きすらもひたすらに鷹揚《おうよう》だった。

ぷくぷくと口元からは白い泡がこぼれて、消える。

進む。進みたい。なのに進めない。

とうとう息ができなくなる。

体が、動かない。

溺れていく。

声が、

お家に、帰して……。


暗闇の中で、エルナの瞳が見開かれた。

子どもの声が聞こえた。いや、子どもだけではない。多くの人間の声がざわめき、嘆き、エルナが吐き出し溺れた泡の中にいくつもの幻が流れては消えた。

親元から連れ去られた子ども。動くことのできない老人。すべてを諦めた瞳を持つ女。

炎の魔力を身にまとった彼らは、命ある限りに宝石に魔力をそそぎ込んだ。そして魔力をそそぎ込む度に、宝石はどろりと色濃く淀《よど》んでいく。

(カルツィード家の領地から、消えていった人たち……！)

攫《さら》われた、炎の魔術を扱う者たちだ。その中で一人の美しい女が涙をこぼしていた。

赤い毛を柔らかくウェーブさせた女は望まぬ形で家族から引き裂かれ、宝石に命の欠片のような魔力を送り込み続けた。しかし、あるとき彼女の中から魔力が消え失せた。それは彼女自身ですらも知らぬことではあったが、腹の中に芽生えていた命が魔力のすべてを吸い取ったからだ。

まさか自身が身重であるとも知らずに役立たずとなった女は、そのあまりの美しさに人さらいの褒美としてカルツィード男爵のもとへと授けられた。

——ああ、エルナ。寒いねぇ。私もね、昔は炎の魔力を持っていたのよ。それがあったら、あなたを温めることができたのにねぇ……。

記憶の中で今も柔らかな声がゆっくりと聞こえる。

(母さん)

死した後ですらも、骨を抱きしめることもできなかった、愛《いと》しい人。


ゆっくりと瞳を開くと、エルナは二本の足で変わらずその場に立っていた。

すべてはただの幻であるはずなのに、ひたひたと、体中から水が滴り落ちていくような息苦しさを感じた。

偽りの《竜の鱗》の宝玉を掲げたまま司祭は嬉しげに声を上げて笑い狂っている。

「ああ、すごい！　すごいなあ！　魔力が膨れ上がっていく。これはもう、偽の鱗なんてものではない！　この愚かな国に、滅びの鉄槌《てっつい》を下してやるわ！」

「……あなたの話はもういい。攫って、魔力を吸い取った人たちは、どこに消えた」

気づかわしげなクロスを片手で制し、反対の腕でぐいと力いっぱいに目元を拭った。

わずかに目のふちを赤くしたままのエルナの問いに、司祭は興が冷めたようにつまらなそうな顔をして、ふん、と小さく鼻で笑う。

「そんなもの知らぬわ。攫った者は私ではないのでな。……しかし、予想はできる。搾《しぼ》り滓《かす》など、残しておいたところでゴミにしかならん」

吐き出す息は、声にすらもならなかった。

ぶつりと、エルナの中で何かがねじきれる音がする。わなわなと指先を震わせ、息が喉すらも焼くように、とにかく熱くて仕方がない。

視界がどんどんと滲んでいく。堪《こら》えきれない。人を傷つけたくはない。息は荒くなり、唸りながらも頬をひくつかせ、嗚咽《おえつ》を堪える。

押し寄せる感情の中で、流れくる記憶の声があった。


――エルナルフィア、お前の鱗は美しいなぁ。

そう言って、老いた男はかすれた声で竜の鱗をなでた。

彼は、立派な青年だったはずだ。なのに、最後はただの骨となり、消えていった。

――エルナ、ごめんなさいねぇ。

エルナは母を愛し、母もエルナを愛した。瘦せこけた腕を摑むことは恐ろしく、一人、ひとりと消えていく度にエルナの胸に途方もない痛みを残し、抱きしめるはずの骨を探した。

誰も消えるなと願ったことは、一つ限りも叶《かな》わない。ふざけるなと叫ぶ声は、自分自身に対してだ。

人間は恐ろしい。呆気《あつけ》なく傷つき、そして死ぬ。竜であったとき、エルナは人をたらふく殺した。ヴァイドとともに空を蹂躙《じゆうりん》するように駆け巡り炎を吐き、勇者を背に乗せた多くの武勇はエルナルフィアの誇りでもあった。

……けれども知ってしまったのだ。人の命は限りあるものなのだと。誰かは、誰かの家族であり、愛すべき人間であり、誰一人として欠けてはいけない。欠けてほしくもない。

宝石泥棒を炎の魔術で消し炭にしてやろうとしたときのことを思い出した。勝手に炎が消えたときは困惑したが、それもエルナの意思だ。

（誰も、死んではいけない。絶対に、もう私は人を殺しはしない）

「──殺す」

むき出しとなった歯茎から、地を這《は》うような声が響く。ぎしり、ぎしりと空間が揺れた。青い瞳が、炎を燃やすように混じり合い赤黒く変化していく。びきびきと指先に力が弾《はじ》けた。司祭は即座に宝玉を構え、呪文を唱える。その宝玉一つで王国を呑《の》み込むほどの魔力を練り上げ、エルナたちを水の魔力で抑え込む、が。そのすべてを、エルナは即座に蒸発させた。波の中で崩れた残骸に足をかけつつも赤い髪をうねらせ、ふうと一つ、息を吐き出す。

さて、殺そう。

エルナは、なんの抵抗もなくそう呟いた。それはとても簡単なことだ。いちいち優しくしようとするから手間取るだけで、殺すだけならば楽なものだ。ひび割れ、砕けた宝玉を握りしめ悲鳴を上げる司祭を、あとはただ一瞥《いちべつ》するだけ。ぱちり、と指を一つ鳴らせば、残るものは消し炭一つ。

そのはずなのに。

「エルナ」

強く、腕を摑まれた。

「お前は人だ。もう——竜じゃない」

途端に、エルナは息の仕方を思い出した。

まるで重たい水の中で喘《あえ》ぎ、言葉すらも忘れてしまっていたかのようだ。次に瞬いたエルナの瞳はすっかり空の色に戻っていた。

けれども喉の奥からせり上がる重たい何かが苦しくて、うぐ、と口元を押さえた。何度嗚咽を繰り返しても出てくるものは涙ばかりで、ぼろり、ぼろりと情けなく頰をつたう。

「まったく本当に、俺の嫁は泣き虫だ」

崩れ落ちそうなエルナの細い体は、いつの間にかクロスに抱えられていた。心臓の温かさが伝わるほどに近く、滲む涙が彼の服に染み込んでいく。

「ほ、宝玉が砕けようとも欠片一つでもあれば、貴様らなど——」

「しかし、嫁を守るのは俺の、夫の役目でもある」

エルナを片手で抱きとめたまま、クロスは力強くキアローレを崩れ落ちつつある床に突き刺した。

突如、円状に溢れ出る光が司祭を叩きつけた。苦悶《くもん》の声を漏らしながらよろめく姿をクロスは見下ろす。

「……やはり、魔の者か」

どこからか吹き荒れる風は、彼自身が生み出したものなのだろう。

「キアローレは、もとはただの鉄剣だ。それがどうだ。強大な魔族を打倒した宝剣であったと、いつしか人々は噂《うわさ》するようになった。語り継ぐことは物語となり、力となる。嘘《うそ》が真《まこと》に、真が嘘に。長い年月の中で、ただの鉄剣は魔を打ち倒す宝剣となった」

――大樹の下で、木陰に隠れながらも静かにこの国を見守りながら。

突き刺したキアローレをさらに片手で持ち上げ、ずしりと重たいはずの剣を羽のようにクロスは振るう。瞬間、司祭が握りしめていた偽の竜の欠片が、ぱきりと音を立てて弾け飛び、残ったのは砂のように粉々となったものだけだ。

「あ、そ、そんな、まさか、くそっ、くそぉ……！」

「逃さん」

すべてを投げ捨てた司祭は、肉体を捨て黒い塊となり空へと逃れようとした。その魂でさえもクロスは剣を投げ壁に縫い止め、月明かりの下、黒い魂は風にあおられ霧散する。

割れたステンドグラスの隙間から落ちる月の光は崩れ落ちた教会をそっと青く、静かに映していた。

クロスは幾度かエルナの背をなでた。そして司祭であったはずのものに近づき検分する。エルナを襲った男たちも、すでにただの塊と成り果てている。

「土塊《つちくれ》を操っていたのか。これは、消えた囚人ももとは人でなかった可能性が高いな」

ぽつりと取り残されていたエルナも、慌ててクロスのもとに走った。

「……さっきの、司祭様は魔族だって」

「帝国と手を結んだか、どうかな。この国ができたときから、いわくしかない相手だ」

エルナがまだエルナルフィアで、クロスがヴァイドであった時代のこと。この地に圧政を敷いていた帝国の貴族を相手にヴァイドは反旗を翻し、今のウィズレイン王国の基礎を打ち立てた。しかし、打倒した貴族は、もとは温厚な人格者だとも言われていた。貴族が変わってしまった裏には魔族の関与も疑われてはいたのだ。だからこそ、キアローレの物語も作られたのだが。

「そう……人では、なかったの……」

まるで体中から力が抜けていくような気分だ。傷つけたくない、殺したくはないと思っていたはずが、ただの土塊を相手にしていたのだ。虚《むな》しいよりも自身の愚かさに笑ってしまいそうになる。

ポケットの中からハムスターの精霊が気づかわしげに顔を出してエルナの手をつんっと鼻の先でつついたが、うまく体も動かない。

「……私、馬鹿みたいだね」

「そんなことはない。エルナ、お前は自身が心に決めたことを貫き通そうとした。それだけだ。何も間違ってはいない」

クロスはエルナを振り返りながらにっと笑う。

金の髪が月明かりに照らされて、さながら王子様のようで笑ってしまった。「ふ、ふふ」と堪えきれない声に、「なぜ笑う」とクロスは憮然《ぶぜん》とした顔をしたが、次第に泣き笑いになるエルナを眉をひそめつつも口を閉ざして見下ろした。

（なんで……こんな……）

ただの言葉一つなのに、ぐっと胸を摑まれて苦しくなる。

彼を相手にすると、いつもそうだと思うとわけもわからずまた視界が滲みそうになる。ごしごしと、強く目元を拭った。そうして、呟く。

「……もし、私が」

出てくるのは情けなくもかすれたような声だ。

どうした、とクロスはエルナに問いかけた。

「うん。もし、私が、また間違ったら。さっきみたいに、止めて……ほしい」

「……人の選択に間違いなんてものはない。そして同時に俺に正解を決める権利なんてものはなくてだな」

「そういうのはいいから。お願いを、しているの！」

「お、おう」

エルナのあまりの勢いに、おう、おう、とクロスは何度も頷いて思わず両手を上げて後ずさった。

エルナは眉をつり上げ、真っ赤な鼻をすすった。

（ああ、そっか）

それから、すぐにくしゃりと顔を崩した。一つ、気づいてしまったのだ。

「クロス」

「ん？」

「ヴァイドカルダドラガフェルクロスガルド……」

「唐突に本名を呼ぶのはやめてくれるか？　というかよく覚えたな……」

「何か……悔しすぎて、覚えた……」

もちろん彼の弟の名前もすぐに覚えたので、そのつながりで弟のこともすぐにわかったというのは余談ではあるが。

（エルナルフィアは一人取り残されるのではなくて、彼女が愛した人とともに死にたかった……）

あまりにも長すぎる竜としての生が辛《つら》くて、苦しくて、たまらなくて。

その気持ちはエルナとなった今も変わらない。けれども、本当は少し違う。

（私は）

胸の内から、こぼれる感情がある。それを留《とど》めようとしても水が小さな器から溢れるようにどんどんと膨らむばかりで、どうしたらいいのかもわからない。

（私は、クロスと、一緒に生きたい）

ただ、死にたいのではなく。

生きて、生きて、そして――彼とともに死にたい。愛した人とともに、死にたい。

自身の願いをはっきりと認識して、はは、と力なく笑ってしまった。

「欲ばかりが、溢れてくる……」

こうして吐き出す言葉すらも情けなかった。

初めは、たった一つの願いであったはずなのに、と。

いつの間にか近づいていたクロスにこんな自分を見せたくもなくてそっぽを向くと、「なんだかよくわからんが」と前置きしつつ、「欲があるのはいいことだ。人とは、幸せを追い求めるようにできているものだ」と、屈《かが》みながら手を伸ばし、エルナの背を優しく叩いた。

こうしたちょっとのことでエルナは何も言えなくなって、心の中とは相反して難しい顔のままぎゅっと唇を噛んだ。

クロスは何もかもわかったような顔つきでにやりと効果音が聞こえそうなほどに笑ったが、ぴたりと止まったかと思うとすぐに何かを考えるように眉間にしわを寄せた。そしてがくりと崩れ落ちエルナの肩口に額を乗せたので、自分よりも大きなその体を、慌てて背伸びをして抱きとめた。

「な、何。なになになに」

「先々のことを考えてしまった。まずはもといた司祭の行方も捜さねばな。他に関与している可能性がある者を洗い出す必要もある。これから忙しくなるだろうなぁ……」

くぐもって聞こえにくいが、とりあえず大変そうなことはわかったので、クロスの背に、今度はエルナが恐るおそる手を伸ばした。ぽすりと置いた後に、とん、とんとゆっくりと叩く。

次第になでなで、と会話もなく手の動きを変えてなで続けていると、返事とばかりにぎゅう、と抱きしめられた。ちょっと苦しい。

(筋肉がつきにくいとか言ってたような気がするけど、触ってみると別に細いとかそういうわけじゃ……ってていやいやいや)

一体自分は何を考えているんだとはっとして、意識してしまうとどんどん顔が熱くなってくる。が、これは絶対にクロスに気づかれたくない。本当に、絶対に。

エルナはクロスから逃げ出すべく、じたばたした。しかし不自然にならないようにとすればするほど怪しさは募り、「……どうした?」とささやかれるように耳元で問いかけられた声に対して、「ひぃっ!」と素っ頓狂な声を上げてしまった。

エルナからはクロスの顔は見えないが、多分見えたら、きょとんと瞬いていたに違いなかった。

そして何かを察したのか、クロスはさらにエルナを捕まえ、「だはは」とどうにも楽しそうに声を上げて笑った。

耳まで熱くなってくるような気がした。

「俺の嫁は、本当に可愛いやつだな」

「嫁じゃないし、おもちゃじゃないから!」

と反論しつつも、少しだけ、考えることがある。

それを、どうクロスに伝えればいいのか。

ふと、エルナは空を見上げる。割れたステンドグラスを通して見える冴《さ》え冴《ざ》えと雲一つない夜は、今にも星屑《ほしくず》が落ちてきそうだ。

ぽろぽろと星が落ちてくる様を想像した。

手を伸ばしたら、受け取ることができるのだろうか。

そっと息を吐き出すと、白い息はふわりとどこかに消えていってしまった。

# 終章　ウィズレイン



エルナルフィア教の司祭が、他国からの間者と入れ替わっていたという衝撃的なニュースはもちろん多くの人々には伏せられ極秘に調査が行われた。

しかしもといた司祭の安否は、至急確認を要する事項であることは間違いなかった。

最悪の事態も想定される中、大々的に公表することができない現状での捜索は困難を極めると予想されたが、意外なことにも呆気《あっけ》なく司祭の場所は判明した。

司祭発見の一番の功労者はカカミ——道に迷っていたエルナに傘を差し出してくれた少女だ。

教会に住んでいた彼女は、ある日司祭の入れ替わりに気づいた。もとは土塊《つちくれ》とはいえ姿かたちが同じ存在だ。確信も、確たる証拠もない状態だったのだが彼女は夜半に教会を抜け出す司祭を尾行し、隠れ家を知った。

偽の司祭は姿を似せることはできるが、本人の口調や知識を模倣できるわけではない。

だからこそ本物の司祭を生かし、少しずつ彼の記憶を引き出しながら人々に違和感のない姿を演じるように努めていた。しかし人を監禁し生かすことは手間も時間もかかる作業で、その状態も長く続けるつもりはなかったのだろう。

カカミが早期に入れ替わりに気づいたこと、また司祭が入れ替わったのはエルナの義姉ローラが自身の前世を偽証し、その噂《うわさ》が市井に広まった後であったため、長く時間がたっていないことも幸いした。

エルナが教会を訪ねたそのとき、カカミは偽司祭の監視をかいくぐり本物の司祭を助け、二人そろって逃亡した直後であったのだ。

だからこそ、司祭はエルナに消えたカカミの行き先を何度も尋ねたのだろう。

――私もね、頑張らなきゃいけないことがあるの。応援してくれる？

エルナに何かを伝えようとしていたカカミの姿と、その小さな肩を思い出す。

雨が少ないウィズレイン王国では、降ったとしてもわずかなもので、人々は少し不便を感じることはあっても雨の日に傘を使うという概念はない。傘はあくまでも太陽の下で使われるものだからだ。

けれどもカカミは既存の常識に囚《とら》われることなく、雨の日に、傘を使った。

誰にも気づかれなかった司祭の入れ替わりにも気づく彼女の柔軟な発想は、これから先、多くの者を救うに違いないだろうとエルナは考えてしまう。

「ハルバーン公爵は名を使われていただけだ。関わりがないようで、なによりだった」

そう言って神妙に頷《うなず》くクロスの顔を見ると、なんだかエルナは笑ってしまいそうになる。

公爵が関与していた疑いについては、やはりエルナルフィア教と懇意にしていたため立ってしまった白羽の矢であることは明白ではあったが、ハルバーン公爵は自身の疑いを晴らすべく、粛々と椅子に座り真摯な瞳で聴取に協力したという。

出てくるものは潔白の証明ばかりだったが、声をひそめているはずなのに見事な腹式呼吸で響き渡る公爵の声と、大きな体に耐えきれず崩れ落ちた椅子を前にして、そんな場合ではないと思いつつも聞き取りを行うクロスと役人たちは唇を噛《か》みしめることに必死であったそうだ。

椅子が壊れた後も公爵はちょこんと座り話を続けようとしたものだから、慌てて中断し公爵専用の巨大な椅子が運び込まれた、というのはもはや後々まで語り継がれる伝説となりそうだ。

「水の中で見た記憶の中に、公爵の姿はなかったから大丈夫だと思ってたけどね」

と、エルナは微笑《ほほえ》みながらも、柔らかな草をそっと踏みしめさくりと歩く。

一面に広がる緑の葉はさらに青々と色を変え、遠い景色の向こう側にはキアローレの大樹がそっとそびえている。ウィズレイン王国の冬の訪れは早く、そして短い。白い空はいつの間にか目が覚めるような青に染まり、少し前に吐き出していた白い息が懐かしく感じるほどだ。

冬の短さは火竜であるエルナルフィアを祀《まつ》るからこそと言い伝えられてはいるそうだが、エルナルフィアは本当は冬は嫌いではなかった。もちろん、雨だって。変化するこの国のすべてが愛《いと》しく、そして変わらない自身が憎らしく、辛《つら》くもあった。

エルナが歩くと、その後ろをクロスが追いかける。けれども足の長さからか、エルナが小走りに歩いてもクロスはゆっくりと、一歩の距離ですぐに追いついてしまう。

さくり、さくり、さくさくと、不規則な足音が原っぱの中でひっそりと響く。

「……夏には、カルツィード男爵や、この非道を知りながらも利権を得ていた者たちはそれ相応の報いを受けることになるだろう」

つまり、その中にはエルナの義理の姉や、その母も含まれることとなる。

よく通るクロスの声がエルナの背中に向けてするりと通り抜けたとき、ふとエルナは足を止めた。

クロスがエルナに追いつき隣に並んだのを感じ、そっと瞳を閉じ、息を吐き出す。

クロスがエルナに伝えようとする意味は、理解していた。

だからこそ、答えることができたのは、「そう」と、一言きりだ。

ゆっくりと、瞳を開いた。景色は何も変わらず、まるで生まれたばかりのような瑠璃色の空が広がるだけだ。風は、しんと凪《な》いでいた。

「お前が人の命を奪いたくはないと願っていることを理解はしている。全員の命を奪うことはないが、免れぬ者も中にはいる。そして、こればかりは譲ることができない。すまない」

「……人として生きるのなら、守らなければいけない法というものが存在することはわかっているよ」

なんせあなたは王なのだから、と続けた言葉に、クロスはぴくりと眉を動かした。

彼のそんな顔を見ると、伝えたいと願っていた気持ちがさらに胸の中でいっぱいになる。言おうと決めた途端に心臓の音が段々と大きくなり、自身の指先にまで緊張が伝わった。

やんでいたはずの風がざあざあと音を立てて二人の間を通り抜け、エルナのアプリコット色の柔らかな髪と、スカートをいっぱいに膨らませる。最後に胸元の臙脂《えんじ》色のリボンがひらりと揺れたとき、覚悟を決めた。

「……ねぇ、クロス」

不思議なことにずきずきと痛いほどの心臓の鼓動も、緊張も。

クロスの名を呼ぶと、すうっと体の底に馴染《なじ》むように消えていった。

「どうかしたか？」

クロスは暗い顔をぱっと吹き飛ばし、いつも通りにエルナに笑いかけた、が。

「あなた、本当はずっとこの国の王をしたいんでしょう」

エルナの言葉に、ぱきりと表情を失った。

すぐにクロスは取り繕うように口元に笑みを貼り付けたが、射貫《いぬ》くように自身を見上げるエルナを見て、ゆっくりと声を落とす。

「……どういう意味だ？」

「あなたの弟に、王位を譲りたいと言っていた話。あれは、嘘《うそ》なんでしょう。ううん、行動は嘘じゃない。そうじゃなくて」

慎重に言葉を選び、説明する。そのつもりだったのに、焦るように伝えたいことがばらばらと口から漏れ出ていく。

どうしたらいいのかわからない。止まらない。声が出る。

「フェリオル様を次の王にと決めているという言葉に嘘はない。けれどクロス、あなたは本当は、最後までこの国とともに生きたいと思っているんでしょう。だって大切なんだもの。ウィズレインと名前を付けた自分の子のような国が、愛しくないわけがない。大切に、大切に守りたいんでしょう、自身の命が尽きる、そのときまで！」

エルナが叫ぶ度に、クロスは苦しげに顔を歪《ゆが》ませていく。

当たり前だ、この国が愛しくないわけがない。前世も、今も、そんなものは関係ない。

混じり合う人格の中で苦しみながら、愛しいからこそ手放そうとする彼の苦しみや葛藤など、今はただの少女となってしまったエルナにわかるはずがない。

けれど、愛しいと思う、その気持ちなら。

「手放すことをやめなさい！」

――わかるに、決まっている。

なによりも愛しい者のために、エルナは竜の鱗《うろこ》を握りしめ、この国に生まれ変わったのだから。

かしゃん。しゃらり、しゃらり！

たくさんのガラスがこすれるような音が空の上から響いたように聞こえたのは、きっとエルナの気のせいだ。もうないはずの首から下げ続けていた鱗をぎゅっと握りしめるそぶりをした。エルナの鱗は今はクロスの首元に下げられている。空の光を吸い込んで、きらり、きらりと瞬きクロスの胸元で鈍く揺れた。

彼は、決して自身の動揺を悟らせる男ではない。なのにこのときばかりは口元を引きつらせ、「馬鹿な」と吐き捨てた。そうした自身に気づき、大きく息を吸い込み常の顔をしてゆっくりと返答する。

「俺は、この国を心の底では自分のものだと考えている。そんな愚かな王が民を導けるはずがないだろう。あの貴族と同じだ。俺が、いや、ヴァイドが打倒した、この地を治めていた悪《あ》しき男とな！　たしかに英雄としての記憶を持ち合わせてはいるが所詮は他人だ……あれほどの傑物ではない」

エルナがもう飛べなくなってしまったと嘆くように、クロスもまたただの男だ。

記憶があるからこそ比べ、届かぬ手の先を見つめ張り裂けそうな感情をただ抑え込むしかない。

「……私も、国は王個人のものではないと思う。たしかに、間違っているかもしれない。けれど、そんなもの」

エルナは必死で手を伸ばしクロスの首元を両手で摑《つか》んだ。そして全力で引き寄せる。クロスの高い背が近づき、顔を見上げれば額と額が合わさるほどだ。

「思いたいなら、いくらでも思えばいい！　いくら心の底で考えたところで、口に出さなければ誰にもわからない！　あなたはただ、努力しろ！　愚王ではなく賢王として、この小さく、危うい国を守るように努力をし続けろ！」

泣き出しそうだ。叫びながらエルナの瞳がどんどんと滲《にじ》んでいく。

自分でも、なぜそうなのかわからない。過去を知り、苦しみ、それでも前に進もうとするこの男がエルナは好きだ。好きな男の名を知らなかったことが悔しくて、彼の長い名を心の内に刻み込んだ。彼はヴァイドだ。けれどもクロスでもある。老成した勇者でも英雄でもなく、まだ若く人生という旅路に苦しみ迷うばかりの青年だ。

「自分が、愛しているものを、手放すな……」

クロスの服を摑む指先は震えて、涙で声がかすれていく。

クロスはただ呆然《ぼうぜん》としている様子だった。エルナは鼻をすすり、すぐに溢《あふ》れた涙を手の甲で拭った。そうして再度クロスを引っ張り、「だから」とまで言って、ここまでの勢いの良さは唐突になりをひそめてしまった。

クロスは訝《いぶか》しげにエルナを見つめ、エルナはぱくぱくと口を何度も動かす。

「だ、だだ、だか、だから！」

「お、おう」

「く、くろ、くろ、くろくろ」

「くろくろって何だ」

「クロスが！」

「俺だったか」

「クロスが、自分が、間違わないか、不安、ならっ！」

覚悟を決めた。

ごくん、と唾を呑《の》み込んで。

「私が一緒にいる！」

……勢いづいて、言ってしまった。

当のクロスはエルナの真意を捉えることができずに首元を引っ張られつつも不思議そうな顔をしている。

今ならまだ訂正できるのではないかと一瞬だけエルナは逡巡《しゅんじゅん》した。クロスがエルナを止めてくれたように今度は自分が、と言いたかっただけとでも、なんとでも言える。もちろんそれも彼に伝えたい言葉の一部ではあったが、本質はそこではない。

ここでエルナはライオネル・ハルバーン公爵のことを思い出した。炎の魔術を使うものは、熱く一途《いちず》な者が多い。自分がそれに当てはまるかどうかはわからないが、とにかく今は体が熱い。

――この熱がクロスを支えるものに成り得るのであれば。それなら。

「だ、だか、だから」

「ん……？」

きょとんとしているクロスを見て、自分からさんざん言ってきたくせにと悔しくなってきたが、ここまできたらもうどうにでもなれとエルナは考えた。体中にぐるんぐるんと炎の魔力が巡っているような気分だ。というか、多分そうなっている。なんせ指先から耳の先まで、大変なことになっていた。エルナの顔が、ずんずんと真っ赤に染まっていく。

「――あなたの嫁になるって言ってるのよ！」

想像よりも大声になってしまった声が原っぱの中を駆け抜けて、わんわんと響く。こんなの空を飛んでいる鳥まで驚き落ちてしまいそうだ。

叫んだ相手はというと、ただただぽかんとしていた。

そんな顔を見て、こいつ、と思う。このやろう。ばか。おおばか。ばか！

エルナが頭の中で貧弱なボキャブラリーでクロスを罵っていると、

「い、いや、それは、その……」

なぜかクロスがたじろいでいた。

エルナから顔をそむけて、無意味に何度も口元を手の甲で拭っている。

「……結婚するかって今までさんざん言っていたじゃないの。まさか冗談だったの」

「そ、そんなわけはない。常に俺は本気だ。でも、なんだ、こう、いざ、そうなると、すまん。……待て、お前、いいのか？　婚姻だぞ？　つまりこう、嫁になるんだぞ？」

「わかってるわよ。王族との結婚がどれだけ大変なのかってことくらい。そんなのエルナルフィアの名でも出して不満も不平もはねのけてやるわよ。私は使えるものは何でも使うわよ」

「いや違う。そうじゃなくてな？　それもあるがな？　あるだろう、他に色々と」

「色々？」

まるで少し前に話したときとは正反対だ。結婚しよう、とあっさり言うクロスにエルナはどうしたものかと困惑していた。だから彼が言いたい気持ちはわかる。なのでさっくり伝えることにした。

「私はクロスのことが好きだもの。一緒になれたら嬉《うれ》しいに決まってるじゃない」

その瞬間、クロスは落ちた。

エルナの手から逃れ、物理的にも落ちた。草の上に尻から落ちてそのまま座り込み、まるで苦々しげな顔をしているように見えたがよくよく観察すると耳の端が真っ赤に染まっている。なのでエルナもよっこいしょと隣に座りながら、過去の英雄の記憶を持つ青年を見つめる。

ちなみにエルナの服のポケットには相変わらずのハムスター精霊が存在していたが、ちょこっと顔を出して素早く状況を把握し、『今はだめなやつでごんすっ！』と勢いよくひっこんだ。どうしたどうした、といわんばかりにエルナたちの周囲にやってくる精霊たちに、『しーっハムでごんす！　しー、しー！』とちっちゃなピンクの指先をちょんちょんしてなんとか場を統一していた。

もちろんエルナはそんな騒動は見ないふりをした。

「……こんなことを言うととても恥ずかしいんだが」

座りながら立てた膝の中に顔を埋もれさせ赤い耳だけ見せるクロスの隣で、どんな恥ずかしい話がくるんだろうと身構えつつも「うん」とエルナは頷く。

「……お前を最初に目にしたときすぐにエルナルフィアだと気づいたわけだが、それと同時にだな？　なんと愛らしく美しい娘だとも思ったわけだ」

そして想像よりも恥ずかしかった。

気持ちをごまかすためか、エルナの口元がつん、と尖《とが》ってしまう。

「いや、見かけの話などどうでもいい。愛しく思わない者に婚姻の話など持ちかけるわけがない」

どうにも回りくどい返答である。と、思っていたら、

「……俺も、お前が好きという意味だ」

まっすぐすぎる瞳を向けられ、エルナはわななないた。

「あ、う……」

心臓がおかしいくらいに音を立ててくらくらした。

英雄とされる男は、火の竜の相棒であり、家族であった。そして言葉では表しきれないほどの信頼と愛情で結ばれ、その紐《ひも》は今でも固く、緩むことはない。けれど——けれど。

ここにいる者は、人と竜が入り混じった少女と自身の道に悩む、ただの青年だ。

お互い真っ赤な顔で見つめ合って、なぜかぎゅむっと二人で同時に目をつむって、いやいや違ったとそろりと目をあける。それから無言のまま顔を下に向けるエルナをそっとクロスは覗《のぞ》き込んだ。

思わず、青年は笑った。

「……まるでりんごだな」

そう言ってクロスはエルナの頬をなでて、整いすぎるくらいに精緻な鼻梁《びりょう》をするりとエルナに近づける。気になって、ポケットの中からこっそりと顔を出していたハムスター精霊が、はわわと大きなお目々を見開き、慌てて丸まり顔を隠そうとした、そのときだった。

雨が、降った。

「えっ、な、何……!?」

「これは……」

ざあざあと溢れる音を聞いて、初めは雨だと思った。けれども違う。

黄色い花の花弁がどこからか溢れ出て、まるで大粒の雨のようにエルナたちの視界のすべてを埋め尽くした。ずんずん、ずんと地響きのような感覚に震えて地面に手をつく。

もはや空から降っているのか、それとも地面から湧き上がってくるのかわからないほどで、「うわ、うわ、うわ！」とエルナは今度は思わず両手を振ってしまう。

「落ち着け」と手首を掴まれ驚きくっついている間に、クロスのネックレスが浮き上がり、髪が舞ってしまうほどの風が吹き荒れ、思わず目をつむる。

「エルナ、見ろ。竜だ」

けれどクロスの言葉に瞬《まばた》いて、顔を上げた。

竜が空を飛んでいた。

それは一瞬の幻で、竜と思ったものは黄色の花弁だ。集まり風に流され空を飛びながら、遠い雲の向こうへすっと渡って消えていく。しゃんら、しゃんら、しゃんら……。

ガラスの鱗を持つエルナルフィアは、もういない。なのに不思議と、鱗の音が空から降りそそいでくるような気がした。

「……一体、なんだったの……？」

「キアローレの大樹の花弁だ。春になると一斉に散り吹き荒れるが、昔よりも、すごいことになっていると言っただろう？」

「言っ……てた、けど。けども！」

あっさり流すレベルの話ではなかった。

たしかに樹《き》は大きくなっているが、まさか原っぱすべてを覆い尽くすような大規模なものに変わっているなど、誰が考えるだろうか。

思わず責めるような気持ちでエルナはクロスを睨《ね》め上げたが、大樹の花弁に仰天するあまりにクロスの膝の間に入ってしまっていたことに気づき、瞬時に猫のように飛び出した。

すっぽりあいて寂しくなった腕と膝を、クロスは悄然《しょうぜん》と見下ろしている。なんだかちょっと可哀《かわい》想《そう》なような。

「…………」

「…………」

互いに無言のまま、とても奇妙な間があいてしまった。

よく見るとすべての花弁が飛び去ったわけではなく、お互いところどころ服や頭にくっついてしまっている。金の髪に色が埋もれてわかりづらいが、クロスの頭にもくっついていた。

ちょっと考えて、エルナはそろそろと手を伸ばしてそれをつまむと、勢いよく向こうの腕が伸びてきた。両腕を掴まれて、じっと眉を寄せながら見下ろされる。もちろん逃げようと思えばいくらでもできるわけだが。

逃げられなかった、という言い訳くらいは少しほしい。

影と影の口元がわずかにくっつき、そっと離れたとき、「あーっ！」とどちらからともなく大声を上げて飛び跳ねて距離を置いた。エルナは原っぱの上で真っ赤な顔で転がり両手で顔を覆って隠したので、クロスが果たしてどんな格好で、どんな顔をしているのかはよくわからない。

「これは、ちょっと性急すぎやしないか……？」

けれども聞こえた情けない声を聞いて、なんとなく想像ができるような気もする。

「うん。私も、そう思う……」

「いいか。ゆっくりだ。俺たちはゆっくりでいこう。少しずつだ」

「少しずつにしよう……そうしよう……名案だ、耐えきれない」

「俺は別の意味で耐えきれないかもしれん」

「何か違うような気もするけど意見が合って本当によかった」

「しかし最終的には嫁にする」

「よっ、よめっ」

と、思わず反論しそうになって、ごくん、と唾を呑み込み、「……に、なる」「よし」と満足げな声を出すクロスの言葉を頭の中で何度も反芻《はんすう》した。

ふと息を吐き出し、体を大きく広げて寝転がったままに空を見上げた。ゆっくりと雲は流れ、風が頬をくすぐる。

そろそろいいかなと思ったらしいハムスター精霊は、ちょこちょことポケットから出てきて、エルナの頭をくしゃくしゃにして遊んでいた。なんとなく安心して、同じく寝転がるクロスの指に手を伸ばす。すぐにぎゅっと手のひらを摑まれたから、ほとりと胸の中に落ちた水が、体中に染み入るようだ。

竜であるときは、何でもできるものだと思っていた。けれどエルナはただの人となり、少女となった。竜としての気持ちを引きずりながらも、人としての道を歩んでいく。

その隣には、クロスがいてほしいとどうしても願ってしまう。

「そうだな、守らねばな」

誰かに対して話しかけたわけではないのだろう。ぽつりと呟《つぶや》くクロスはどこか覚悟を決めたように、金の瞳に、空の色を映し込んでいた。

「愛しているのだから、手放すわけにはいかんな……」

何、とはっきりと告げたわけではないけれど。

「そうだね」とエルナは伝えた。


瞳を閉じると、その日の空の青さをいつも思い出してしまう。

「いい？　いつもエルナは一人でなんでもしがちだけれど、人は一人じゃないのよ？　何か心配事があったら、ちゃーんと他の人にも声をかけなさいよ？」

「俺は助かったけどな。ほら、証印を落としたとき。上から降ってきたのにはびびったけど、なくなったとなったら、もうちびってえんえん泣いてたかもしれない」

「下品！　下品！　馬鹿下品！　証印を落とすような馬鹿、私はこの馬鹿で見るのが初めてよお馬鹿！」

「今、何回馬鹿って言ったの!?　お、お前は俺という幼なじみを罵りすぎではないの!?」

「限界に挑戦してみたのよ！」

ふんす、と怒るノマに、「そんなァ……」と情けなく眉を下げるのはノマの恋人、もといそれ未満、ノマ曰《いわ》くただの幼なじみである城の衛兵で、灰色髪の青年だ。ぷんぷん怒るノマだが、彼女の胸元には彼からもらった指輪が隠すように下げられていることをエルナは知っている。

ノマの幼なじみが通りかかったのはついさっきのことだ。外に干されたたくさんの洗濯物がはためいている隣で、たまにはこんなのもいいわよねと使っていないテーブルを外に持ち出し、エルナとノマはお昼代わりのお茶会をしていたのだ。

もちろん休憩の時間内のことであり、テーブルを使用することも、持ち込んだものについても、コモンワルドの許可は取っている。

それからもノマと青年はなにやら言い合っていたが、エルナとしてみればこっそり苦笑することしかできない。

——嫁になると宣言をしたものの、さすがに王族がいきなりの婚約者の発表ということは難しく、今は根回しを行っている最中だ。

というわけで、エルナは現在もメイド業を続けている。

もちろんノマや他のメイドたちと一緒の時間は楽しいし、知らないことを知ることができるのはとても素敵な経験だと今なら思う。だからすぐに環境が変わらないとわかって、ちょっとだけ安心してもいた。

あれからクロスは少しだけ変わったように思う。

それは自分よりもずっと先に進んでしまった人の背中を見つめるような気分で、エルナは手の中のカップを寂しく両手で温めた。

「ひーっ、うまそうだなぁ」

と、テーブルに載ったエルナたちの昼食に目を輝かせている彼の名前はジピーという。

ようは、ノマはこの幼なじみの彼に素直になれないらしい。好きなら好きって言えばいいのにと思うけれど、エルナだってクロスに伝えるまでは苦しい気持ちを自分の中でいっぱいにしていたので、何も言えない。

「ふんっ……あげるとしても端くれだけよ。惨めに思うがいいわ……」

「くれるのか……そしてでかい端くれもあったもんだな……」

仕事ができる女であるはずなのに、ジピーのことになると途端に子どものようになるノマのことを、案外ジピーはお見通しなのかもしれない。「ありがとうな」と礼を伝えてから、白く柔らかいパンにレタスや干し肉を挟んだ食事をもしゃりと口に含む。そして唸《うな》って、元気に叫んだ。

「あいっかわらずノマの料理はうまいよなあ！」

「あんたに作ったんじゃないわよ！　エルナによ！　エルナ、ほら、もりもりなさい！　ぱくぱくよ！」

「は、はい。食べます食べます」

照れすぎて擬音語しか使えなくなっているノマを見ながら、慌ててエルナも手を伸ばした。そしたらなんということでしょう。パンなのに甘い。挟んでいるものはいちごのジャムだったが、そんなことはエルナにわかるわけがなく、幸せな味に、ただただテーブルに崩れ落ちた。食事なのに、甘いだなんて。

「こんなの罪……」

「ああ、俺もそっちも食べたいなぁ……」

「た、たくさんあるからちょっとくらい……なんて言うと思ったかしら!?　三回くるくるした後にワンと言ったら考えてあげてもいいわ！」

「えっ、全然いいけど」

「えっっっ」

はくり、はくりとうっとりと一口、二口と食べるエルナをよそに、状況は混乱に満ちていた。

「なんだっけ、ぐるぐる回って犬の真似《まね》した後に土下座したらいい？」

「ひっ、さらに増えてる！　増えてる！」

「じゃあいきます」

「や、やめてー！」

もはや誰がさせて誰がしたいのかもわからない。となったとき、「ならば土下座の代わりに僕が願ってやるとしようか」と登場した少年を前にして、ぎゃあ！　というノマとジピーの悲鳴が二つ重なった。

頬にパンを詰めたままエルナが振り返ると、明るい金の髪色の少年がにこりと笑っている。「で」「で」「で」「で」「で」「殿下！」「殿下ァ！」と、韻を踏むかのごとく二人で一緒に驚き続ける幼なじみカップルは本当に息がぴったりである。

相対するフェリオル殿下はというと、少年らしく低い背でぐい、と胸をはり背中のマントをばさりと翻した。両手でパンを持ったまま、ごくんと思わずエルナは口の中のパンを呑み込む。

「……別に、抜け出してはいないぞ。護衛は待機させている」

そしてわずかに表情を曇らせ、ちらりとこちらを見つつ呟いた少年の台詞《せりふ》は、エルナからすれば前回出会ったことに対する気まずい言い訳のように聞こえたが、ノマとジピーには別の意味合いのように聞こえたのだろう。

王族がいるだけではなく、さらに護衛もいるとわかって、さらに二人はかちんこちんの直立不動となって、「え、エルナ！　殿下がいらっしゃっているのよ、立たなきゃ、立ちなさい！」とノマにあわあわと促されるままにエルナは慌ててもぐもぐと手に持っていたパンを食べ切る。

「今は食べてる場合じゃないわよぉー！」

エルナに叫び、しかし声を抑えてという器用なことを行うノマは半泣きだった。もちろんフェリオル本人には丸聞こえだ。

「そのままでよい。そう固くなるな」

そう微笑みながら話す言葉は、以前出会ったときよりも随分畏《かしこ》まっているようにも思える。特に意図があったわけではないが、じぃいと見つめるエルナの視線にわずかばかり頬を赤くしたフェリオルは、「けほん」とわざとらしく咳払《せきばら》いをした。

「ま、まあとにかく、ごほん。せっかくだ。僕も一ついただこうか。……と、いうわけでそこのお前。毒見をしてもいいぞ」

「えっ、はいっ、俺ですね、いただきます、いただきます、むしゃあ、むしゃあ！　めっちゃうまいです！　満腹です！」

「全部食べてどうすんのよこのばっかぁ！」

「アーッ！　なんてこった俺ってば！」

ぼかぼかと殴るノマの拳を甘んじて受けつつ、ジピーはひんひん泣いていた。彼らは漫才でもしているのだろうか。

フェリオルからすればもともとジピーに食べさせる口実なので「気にするな」としか言いようがないのだが、唐突な王族の登場におののく二人をちらりと横目で見て、フェリオルはエルナの隣の椅子にするりと座る。そして、そっとささやくように伝えた。

「……エルナルフィア様。迷惑をおかけしたにもかかわらず、謝罪もせず、本当に申し訳なかった。本来ならばこういった口調ではなく改めたものにすべきだとは思うが、それはこの場でのあなたの本意ではないかと思ってな」

げほっ、と今度はエルナが咳き込んでしまいそうになる。

「そう……ですね。ノマたちもいるので」

「不快にさせたならばすまない。正式な場を設けることができればいいのだが」

「別にいりませんよ」

したい者は好きにすればいいと思うが、誰彼と敬われたいわけではない。

「ならば結構」

と、にまりと笑いながら見上げるフェリオルは、こうして見るとやはりクロスとよく似ている。ノマたちは未《いま》だに言い合いをしている様子で、フェリオルは面白げに目を向けたまま、エルナに話しかける。

「先日、彼から耳にして、とにかく驚いた」

話しぶりで言いたいことはなんとなくは理解できた。

つまり彼とは、フェリオルの兄、クロスのことだ。「そうですか」という曖昧な返事をしてしまった理由は、クロスが外堀を埋めようとしていることを現在進行形で実感してもぞもぞしてしまったからだ。こんなことにも勝手に照れて、唇を噛みしめてしまいたくなる。着々と家族に紹介されている。

「別に、僕はこのことを知る前から丁度いいタイミングさえあれば、あなたに会いたいと思っていたんだが、まだ、その、自分に自信が……」

本当ならもっと頼りがいのある存在になってから、とごにょついたのは一瞬で、「それでも来たのは、謝罪の他に礼を伝えたかったからだ」と、フェリオルはまっすぐに顔を上げた。

「……僕は、彼が妙なことをお考えでいらっしゃることを知っていた。僕からしてみればとんでもないことだけど、彼のことだ。きっと僕なんかには考えもつかないような理由があってのことなのだろうと必死に、彼の眼鏡に適《かな》うようにと努力をしようとして、けれど、足りなくて」

少年の苦しげな横顔を見て、エルナは思わず瞬いた。

フェリオルは知っていたのだ。いつか彼の兄が王位を譲ろうとしていたことを。そしてクロスが一人きりで何かに悩んでいたことを。

もちろんクロスが王位を譲ろうと考える相手としてまさか誰でもよかったわけではない。ただ一人の弟であり、フェリオルを認めているからこそであるはずだが、どうしても自分のことだと自信のなさが出てしまうのだろう。

「けれど、エルナが変えてくれたのだろう？　僕では届くことがなかった彼の悩みに、手を差し伸ばしてくれた。――本当に、ありがとう」

「………」

花が咲くようにほころぶように笑うあどけない少年を見て、エルナはただ息をするだけで返事をすることができなかったのは、こんなに愛らしいものが存在することに驚いたのだ。

そして、これが人なのだ。

愛し、愛されて日々をつないでいく。エルナルフィアが愛した者たち。

「よし、決めた！」と、唐突に手を打ち鳴らしたのはジピーである。どうやらノマと相談をし合っていたらしい。

「今現在、俺は昼休憩中であります！　そこで馬より速く走り、食ってしまった材料を死ぬ気でかき集め、責任を取らせていただきます！」

「いやそこまで重く捉えなくていいんだが」

「いいえ殿下！　こいつは犬にします！　わんわんさせます！　ゆけーっ！　わんころーっ！」

「うう、わんわんわん！」

「本気の顔がちょっと怖いな」

と冷静に伝えつつも、フェリオルはがくりと顔を下に向ける。どうしたのだろうとその場の全員が訝しむと、次第に少年は肩を震わせ始めた。そして耐えきれなくなったとでもいうように大声で顔を上げて笑った。ノマとジピーはぱちぱちと瞬き呆気に取られたかと思うと今度は互いにぽかぽかし合っている。いやよく見るとノマが一方的に拳を唸らせている。

「殿下がおかしくなっちゃったじゃないの！　あ、あんたのせいよー！」

「俺かなやっぱりー！」

相変わらずの大混乱で、なんとも賑《にぎ》やかな様子だ。

そんな彼らを見ていると、エルナは一つの光景を思い出した。


――青い空は、どこまでも広がっている。ざあざあと聞こえる雨は黄色の花弁だ。


ケネスという、男がいた。

彼はいつだってルルミーという女性に夢中で、二人は互いに意地を張り合っていた。

ケネスには弟がいた。記憶にある姿は丁度今のフェリオルと同じような背格好で、少年は立派な青年に育った。大勢の人々がいる。大樹の下で花が散る様を雨に見立ててエールをたっぷり入れたジャグを打ち鳴らし合い笑い声が響いている。大人も子どもも、空を飛ぶエルナルフィアを見上げて力いっぱいに両手を振ってくれたのに。それなのに。

彼らはみんな消えてしまった。

届くこともない人である彼らとの距離は、とにかく遠くて、歯がゆくて、求めても、求めても指の先にすらかすることもなかった。空の上から見つめることしかできなかった。

けれど、今は違う。

いつの間にか一緒に笑っているジピーにノマが怒って、フェリオルはいいじゃないかと宥《なだ》めて、並べられた洗濯物のシーツがばさばさと風の中で躍っている。

エルナには、もうしっぽはない。

翼だってない。足はたったの二本だなんて、なんとも心細い。

何もかもが変わってしまったと嘆いた過去を思い出した。街や、城。そして国の形でさえも変化していると知ったときは驚くよりも寂しくて、なんのために自分は生まれ変わったのだろうとわからなくなるほどだった。しかし、違うのだ。

エルナは、何もわかってはいなかった。変わってしまったものもあれば、変わらないものもある。国があれば、そこには人が生まれ、存在する。消えてしまった彼らと同じ形で出会うことはできなくても、受け継がれるものはある。

笑い声が聞こえる度に苦しくて、エルナは胸元に手を当てた。強く、強く服をかきむしるように握りしめて、荒くなる息を抑え込む。唇を、噛みしめる。

そんなエルナを、誰かが見つめているような気もした。

それは背中に無骨な剣を背負った背の高い黒髪の男で、垂れ目で、背が高く人好きのする笑みをする色男で、相変わらずにやにやしている。

はっとして顔を上げると、なんだお前、やっと気づいたのか、とでも言いたげに肩をすくめ、くるりとエルナに背を向けた。

「まっ」

待ってと叫ぼうとして、手を伸ばした。

……けれども、摑んだものはただの虚空だ。

「そこまで言うのなら、せっかくだ。僕の部屋に届けてくれ。楽しみにしているが、あんまり急ぎすぎるなよ？」

「わっかりました！　俺がこの世に生を受けた時間の中で一番の速さを今ここに顕現させてみせます！」

「させてみせます！」

「お願いだ、僕の話を聞いてくれ」

任せてください！　とまったく話を聞かずにジピーは思いっきり飛び出した。そしてノマもそれに続いた。ぽつねんと取り残されたフェリオルの背中はなんだか寂しそうにも見えた。

「ま、まあいいんだけどな。そろそろ、僕も戻るとするか……」

くるりと踵《きびす》を返してエルナと向かい合ったフェリオルは、ちらりとエルナを見上げて、「その、邪魔をしたな。ええっと、その……」と、先程よりも子どもらしい顔つきで困ったように微笑み、エルナに伝える。

「僕は、僕が望む王にはなれないと思う。でも、王の一番の配下になれるはずだから。いや、なってみせる。——義姉上《あねうえ》と呼ぶ日を楽しみにしていますから」

それでは、と一人の小さな、けれども大きな少年は去っていく。

ただ一人取り残されてしまったエルナだが、息を切らしながらどこどことノマが走って戻ってきた。

「げほっ、ごめ、ごめんなさい。エルナのことすっかり忘れてたわ……っ！　まだお腹《なか》が減ってるわよね、げっほ、げほ、あの、食堂に、先に、行っておいてくれて、いいからね、こっちのことは、気にしないで、大丈夫、げっほ」

「ノマの方が心配なんだけど……でも、私も大丈夫。あんまりお腹は減ってなかったの」

「そう……？　それならいいんだけど」

「あっ、でも、ちょっとあの子が消えちゃってて」

エルナは困ったような仕草で、少しだけわざとらしく自分のエプロンのポケットを見せた。「もしかしていつも一緒にいるハムスター？」とそれだけでわかったらしく安心する。

「やだ、大変じゃない。しっ、心配だわ！」

「それこそ大丈夫。賢い子だから。でも捜しに行かなきゃ」

「行って行って！　こっちのことはなんとでもするから！」

うん、と返事をするとノマはエルナに背を向けた。よかった。これ以上、耐えられそうになかった。

ノマの背中に手を振っていなくなったことを確認し、するりとエルナは手を下ろした。それからくるりと反対方向に歩いた。

早く誰もいないところに行かなければいけない。でもどこに行けばいいだろう、と考えているうちに、どんどん足早になっていく。いつの間にか、エルナは走っていた。力いっぱいに駆け抜けて、人がいない方に、いない方にと逃げた。ひりつく喉がとにかく苦しい。

もうだめだと思った。

「う……あ、う」

喘《あえ》ぐように声を出して、それを必死に押し留《とど》める。けれども堪《こら》えれば堪えるほどに濁流のように感情が流れ込んで、必死に腕を振って、力の限り走って。

「あ、ああ、ああ、あああああ……」

ごくり、と唾を呑み込んだとき、とうとう、「うわあ！」と、エルナは泣き叫んだ。

まるで自分の声ではないようだった。

「なん、なんで、なんで、なんでえ」

ぼろぼろとこぼれた涙が頬を濡《ぬ》らして、情けなく顔を上げる。段々と走ることも辛くなって、歩くような速度で力の抜けた手をただ揺らす。

「ねえ、なんでなの、わ、私は」

わからない。そんなのわかっている。けれど、叫ばずにはいられない。

「私は、人になれたのに！　あ、あなたの近くにいたくて、人になったのに、やっと、人になれたのに！　ねぇ、ヴァイド！　どうして！　どうして……」

なんと、この足の頼りないことだろう。

「死んで、しまったの……」

そう力なく呟いたとき、もう動くことすらもできずにへたり込んでしまっていた。

わかっている。ヴァイドは、もういない。死んでしまった。クロスは、たしかにヴァイドの記憶を持っている。けれども彼はたしかに別の人間であり、エルナもとうに竜ではない。

けれど、それがどうして嘆かない理由となるのだろう？

「ふっ、く、あ……」

ぽたぽたと、涙が地面にこぼれ落ちる度に土に丸いあとがつく。

苦しくて両手を地面に打ち付けた。そして細い指が汚れることも傷つくことも構うことなく、エルナは開いた手のひらを土の上でざりざりとひっかくように握りしめる。震えた。荒い息を吐き出しながら、ゆっくりと呼吸を整える。

「もうヴァイドはいない。そのことは、どう泣いたところで、変わりはしない……」

ならば、どうするのか。

そんなこと、決まっている。

「私は、この国を守る」

未だ他国の脅威に怯《おび》えながらも、領土を小さくするこのウィズレインの名を冠する王国を。友が愛した国を。変わらぬ愛しい人々のために。

この生まれ変わりに意味があるとするのならば、――いや、

「意味なんて、自分で作ってみせる」

立ち上がり、力強く涙を拭った。

瞬くごとにエルナの青い瞳にまるで星が散るかのようにきらめき、強く光が灯《とも》る。

「よし、うん、よし」

ばちばち、と自分の頬が赤くなるほどに叩《たた》いてずんずんと進んでいく。

まずは仕事に戻る。そして考えるのだ。どうすればクロスを支えることができるのか。そして、エルナ自身も戦うことができるのか。

ぐっと口元を引き締め、もといた場所に戻ろうとしたとき、ふとポケットの中の軽さが気になった。ハムスターが消えてしまったというのはノマに伝えた言い訳だが、実は本当のことでもある。

ただしハムスターとはいっても普通のハムではないのでもちろん心配なんてしていない。

たまにはあの子にだって自由になる時間がほしいだろうと思いはしたものの不安げなノマの顔を思い出して、エルナは眉をひそめた。

「様子だけ、見に行こうかな……？」

日当たりのいい場所が好きなハムなので、多分日向《ひなた》ぼっこでもしているんだろうと心当たりのある場所にたどり着いたとき、『んちゅらっ、んちゅらっ、がんすでごんす』とふかふかの体をもふもふ、くねくねさせながら激しく踊っているハムがいた。

しゅぱしゅぱ素早く短い両手を空に掲げて動かしつつ、しゅっしゅっしゅっしゅっと足を交互に動かし進んでいく。

よくぞあんな短足で、と思わないでもない。そう考えた瞬間、どてんとハムはこけた。

そりゃそうである。慌てて近づこうとしたとき、ハムはぺしんと地面を叩いた。めちゃくちゃ悔しそうであった。

『こんなものでは、捧《ささ》げる踊りにはまだまだ足りんでがんす……！』

いや誰に。

心の中でエルナがつっこんだ瞬間に気配に気づいたらしい精霊はもふもふの体をくねらせ振り返った。

「……一体、何をしていたの？」

『んじゅらぁ!?　ひ、ひひひ、秘密でごんす！』

「めちゃくちゃ踊ってたけど。捧げるって？　誰に？」

『ハムッチュッチュ！』

「唐突なごまかし」

別にいいけど、と手のひらを伸ばすと、ちょこちょことハムはエルナの手に乗り、定位置のポケットの中にもぞもぞ入る。

このちょっとの重さに安心するようになってしまったなあ、と少しだけ苦笑しながら、「そういえばだけど」と前々から気になっていたことを聞いてみることにした。

「あなたって随分遠くから来たみたいだけど、どこから来たの？」

精霊に魔力を与えると、精霊は魔力を与えた者と同じ言葉を話すようになる。

エルナルフィアとしての記憶を思い出してから、エルナはときおりこのハムスター精霊以外にも魔力を与えはしたが、こうまで言葉に特徴がある精霊はあまりいない。人としての言葉に変換される際に、訛《なま》りが強く出てしまっているのだ。つまりとても遠い、エルナですらも知らないどこかから来た、ということだ。

ハムスターはしばらく考えるそぶりをした。そして、

『ハムチュッチュウ！』

「……別にいいんだけどね」

本人、いや本ハムが言いたくないのならそれでよし、と結論付けて立ち上がる。エルナルフィアであったときに最期まで一緒にいて、竜の嘆きを見届けてくれたものは精霊たちなのだから。

嘆き、叫ぶ竜の声を、どこか遠い地に住む神に届けてくれたのは、もしかするとあの精霊たちなのかもしれない、とこっそりと考えたことはある。

そして願いを聞きとどけた神から、あるはずのない新たな生という奇跡をもたらされたというのはどうだろう……と、まで思案して、「あっはっは」とエルナは一人笑ってしまった。

なんとも荒唐無稽である。

なので気にせずすたすた歩いた。考えてもわからないことは仕方がない。

エルナは太陽の下で力強く前を向き、歩を進ませる。だから、ポケットの中でゆらゆらと揺られながらも小さな精霊が呟いた言葉は聞こえなかった。

『願いは叶《かな》えることができたでごんすかねぇ……』

神に捧げる踊りは完璧でないといけないので、これからさらに特訓である、とハムスター精霊はこっそり考えている。

――自分には、彼女らを見守るという重要な任務がある。しかしこの二人ならばきっと大丈夫だと、わかってもいる。

だから、本来ならばもとの場所に帰らねばならぬのだが。

『でももう少し、一緒にいたいでごんす。よろしくでがんすよ』

ぴょこんと顔を出して、ぱちんと黒いお目々をウィンクさせた。

「危ないから動いてるときはあんまり顔を出しちゃだめだって」

『ぢぢぢっ!?』

――ここは、ウィズレインと名の付く王国。

雨降るような花が落ちる大樹を中心に成り立ち、大国であったことはすでに過去の歴史の中に埋もれた小国である。

そんな頼りない国の中で、竜であった少女はたったの二本の足で空ではなく、力強く地を踏みしめた。竜ではなく人として、苦しみながらも。

「よしっ、行こうか！」

## 書き下ろし　過去と未来、そしてお茶会



「ねぇ、エルナ。古代遺物《アーティファクト》って知ってる？」

という、なんてことのない問いかけにエルナはぱちりと瞬いた。

知っているも何も、と洗濯物のしわを伸ばすようにエルナはぱしりと宙で振る。真っ白いタオルが気持ちよく風の中で躍った。

「もちろん知ってるよ。むかーし、むかしの偉い人が作った発明品で、現代じゃ再現できないってやつだろ？　城の守りにも使われてるしなー」

「ジピー、あなたには聞いてないの」

問いかけたノマに対して、なぜか洗濯を手伝っているノマの幼なじみ、ジピーが答える。この二人はいつも互いに、いやノマが一方的に突っかかって年がら年中喧嘩《けんか》をしているのだ。

「だいたいあんたはさっきからなんでここにいるのよ。さっさと自分の持ち場に戻りなさいよ！」

「ははん、残念なことに、今日の俺は非番なんだな。だから城のどこにいたって、怒られるいわれはないわけだ！」

「さっさと家に帰んなさい！」

ただの部外者みたいなものじゃない！　と叫ぶノマにジピーはへらへらしている。

それはそうとして、「ノマ、いきなりどうしたの？」とぱしん、と二枚目のタオルのしわを伸ば

してエルナが尋ねると、

「コモンワルド様がおっしゃっていたのよ。今、城に保管している古代遺物の整理をしているって」

とのことだった。

城に保管している古代遺物というと思い浮かぶものがあったが、そこは口を閉ざしたまま洗濯かごの中からするする大物のシーツを取り出す。エルナの頭の上には相変わらずハム精霊が乗っていて、お手伝いするぞとばかりにちょこちょこ両手を動かしているが、もちろんまったく長さが足りていない。

「古代遺物はウィズレイン城で保管されていると聞いているけれど、実際に目にしたことはないじゃない？　だから、どんなものなのかなって」

「だから俺は見たことあるって。城の空を取り囲んでる結界も古代遺物が作ってるんだってば。雨が降ったら動かなくなるもんだから毎回確認するのはちょっと手間だな」

「あんたには聞いてないって言ってるでしょ……？」

「いひんっ」

それからノマとエルナは洗濯物を干し終えて、青空の中ではたはたとなびくタオルを見上げた。足元ではノマにしめられたジピーが力なく転がっている。非番と聞き、仕事がないと判断されたために手加減をされなかったらしい。大丈夫だろうか。

「今日は、本当にいい風ねぇ」

「……そうだね」

実は風の精霊に声をかけて、少しだけ遊んでもらうようにお願いをしたのだ。精霊たちが戯れる度にゆらゆらとタオルが揺れて、隙間からはきらりと太陽が見え隠れする。

「ねえ、さっきの話。ジピーじゃないけれど、この空の上に私たちを守るために、うすーい膜が古代遺物を使って張られているんでしょう？　それってなんだか不思議よね」

「そうだね。うん、たしかにそうね」

「今では話に聞くことしかないけれど、エルナルフィア様もこの空を飛んでいらっしゃったのよね。空を覆う膜はエルナルフィア様には害のないように、けれどもこちらに悪意があるものは弾《はじ》くようにできている……それって、ものすごい技術よね。しかも今残っている古代遺物の内、かなりの品は実は同じ人が作ったものだっていうじゃない。改めて考えると、すごいわよねぇ」

「……うん」

風がエルナの頬をなでると、静かにスカートがはためいた。「どんな人だったのかしらね」と、呟《つぶや》くノマの言葉には返事をすることなく、ただじっと、空を見上げた。

くるくると精霊たちが踊っていた。それはいつの時代だって、変わらない。

＊＊＊

思わず、あくびをしてしまった。

誰にも見られていないかと周囲をちらりと見回し、ふんと息を吐き出す。そしてくるりと丸まったまま眠ることにした。しゃらり、とそのとき体から音が鳴ったが、いつものことなので気になりもしなかった。

どうにも今日は眠い。日差しが暖かいせいかもしれない。辺りでは精霊たちが楽しそうに日向《ひなた》ぼっこをしながらくるくると宙を舞っている。

そのときだった。気配を感じ、ぴくりと顔を上げた。が、すぐに面倒になってうつ伏せのまま瞳を閉じた。さくりさくりと足音を立てて近づいてくる人間がいる。

「やあ、エルナルフィア様。……ありゃ珍しい。もしかして、寝てたりする？」

「ふん。竜に睡眠など必要ない。誰が眠るものか」

「いやめちゃくちゃ嘘《うそ》つくじゃん。唐突な強がりじゃん」

けらけらと男は声を上げて笑った。鳥の巣のような頭をした男は、くしゃくしゃの長い髪の毛のせいで瞳もちらりとしか見えない。

「君って、ヴァイド以外にはすぐに強がるんだからぁ」

そう言って、ふらふらと長い袖を振る男の名前は――カイルヴィス。

ウィズレイン王国に多くの遺物を残した、今日では天才と呼ばれる発明家だ。

強がりなどしていない、とエルナルフィアは否定の言葉を吐き出そうとしたが、どうにもこの男のことがエルナルフィアは苦手だった。何を言ってもへらへらとかわされるし、そもそも長い前髪のせいで表情がわかりづらい。なので、無視をすることにした。

「はわわ。ごめんねほんとのことを僕が言ったもんだからすねちゃったね」

「…………」

「ああ、だめだめ。僕ってこうして、ぽろっと言葉が出ちゃうのよ。許して。許して？」

「…………」

「はわわ、はわわ、はわわー！」

「いい年をした男が、意味のわからん効果音をほざくなッ！」

「はわー」

始終この調子である。人間の年は竜にはわからないが、おそらくヴァイドよりも下だろう。子どもとはいえないが、大人ともいえない程度だ。あんまり興味もないので問いかけたことはないが、色々なものを発明しては周囲を驚かせたり、呆《あき》れられたりしている変わり者だということは知っている。

「ねえねえ。エルナルフィア様。空を飛ぶってどんな気持ち？　実は僕、気になって仕方がないんだよね。でも僕ったら翼がないから崖から落ちることしかできなくて」

「落ちるな」

「でもそれはさすがに命が危ないから、木に登って飛び降りるくらいしか……」

「飛び降りるな。人の限界を知れ」

「限界なんて飛び越えるためにあるんだよう！」

天下のドラゴン様が何言ってんのさ！　とエルナルフィアの鱗《うろこ》をばしばし叩《たた》くものだから、人でいう青筋代わりに苛立《いらだ》つしっぽの動きも段々大きくなる。

「ねえ、エルナルフィア様。ヴァイドの代わりに、僕を背中に乗せてみない？」

びしり、と指を差してエルナルフィアに向かい合うカイルヴィスは、おそらく自分なりに決まっているポーズをしているつもりなのだろう。

「……乗せるか、バカ者が」

そうして締めくくるのが、カイルヴィスとの日常だった。

けれども案外、このお調子者の男をエルナルフィアは嫌いではなかった。けらけらと、カイルヴィスは笑っていた。


「ねえねえ。最近また発明品を作っちゃったんだよ」

エルナのもとには多くの人間が来るが、不思議とカイルヴィスは誰もいないときを選んでやってきた。ふかふかの草の絨毯《じゆうたん》の上に乗って気持ちよく日向ぼっこをしているときばかりで、自然とエルナルフィアも不機嫌な態度を取ってしまう。

「興味がない」

「それでも僕は話すのだ。最近、ヴァイドのやつが城を大きくしようとしてるだろ？　ほら、貴族が使ってた屋敷を継ぎ足す感じで、防衛の要にしようってさ。僕もそれ自体は賛成なんだけど、陣地が広くなればその分、狙われる場所も多くなるわけだ。……と、いうわけで！　今回作ったのは城の空を守る結界を常時発動するというすごい発明品だ！」

「それは……すごいな」

「だよねぇ、だよねぇ！　僕も自分のこと天才って改めて思っちゃった！　でもねこれ、一つ欠点があって……」

「言ってみろ」

「ほら、空に結界を常時張ったらさ？　鳥もそうだけどエルナルフィア様がさ、空を通れなくて困るじゃん？　だからさー、飛んでるものは入らないように！って判定を入れたら、雨が降るだけでも鳥が入るだけでも解除されちゃうんだよね！　あはは！　まったく意味ないねぇ！」

「その通りなので、何も言えない」

「い、いや言ってよ！　言っていいよ！　ちゃんと改良するから！　期待してよぉ！」

結局、害のあるもののみ弾く結界に調整できたそうだが、エルナのガラスの鱗と雨の雫《しずく》の色合いが似ているために、雨が降ったときに解除されてしまう形は変わらなかったらしい。

「また驚くものを作ったぞぉ！　これでみんながハッピーだ！」

「…………」

「聞いて！　僕に興味を持って！　ねぇエルナルフィア様！　あといつか背中に乗せて！」

「さらりと注文を増やすな。乗せんと言っているだろう。……どんなものを作ったんだ。言ってみろ」

「それは……秘密ですぅー！　エルナルフィア様には今度見せるんだから言えるわけないじゃな

い！　ぷくすー！」

「潰すぞ」

「リアルに怖い……調子に乗りましたすみませんでした！」

「平謝りまではしなくていい。ちょっと引くだろうが」

「んはー！」

「だからといって今度は跳ねるな」


　こうして、男はいつも子どものように話したが、人の時間は流れていく。

「エルナルフィア様」と男は彼女を呼んだが、もともと敬意なんて感じる男ではなかった。だから、様を付けるなとある日伝えて、カイルヴィスは頬を緩めた。その顔には、出会ったときにはなかったしわも刻まれていたが、エルナルフィアは見ないふりをした。カイルヴィスは、いつも長い前髪の向こう側でほんの少しだけ瞳を見せて笑っていて、その表情はやっぱり青年の頃と変わらなかった。

　だから、エルナは知らなかった。

「ヴァイド！　ねえねえヴァイド！　ちょっとその剣貸してよ！」と、突撃するカイルヴィスに、こいつは何を言っているのかと王国の国主となった男は呆れた。ヴァイドというこの国の王は、幼い頃から一本の剣を持っていた。その剣はもとはただの鉄剣であったが、悪《あ》しき貴族を打倒した剣でもある。

まさか貸せるわけがないとヴァイドは首を横に振ったが、最終的にはヴァイドは折れた。絶対に妙なことはしないと約束をして、国主から剣を借りたカイルヴィスは年の割にはほくほくと元気にスキップをして自身の工房に剣を連れ帰った。

そして抱いた剣を下ろし、ゆっくりと語る。

「……多分だけれど、僕はもう長くない。もともと、体も丈夫ではないもの。ヴァイドは僕よりも長く、健康に生きるだろう。けれども、それでも足りない。エルナルフィアは、僕らと生きた時間よりも、もっと長い時間を、ただ一人きりで生きることになる」

考えることは、あの寂しがりやの竜のことだ。

「誰も、彼女には追いつけない。僕たちだって追いつきたいんだよ。でもだめなんだ。どうしたらいいと何度だって考える。だから、君に託す」

カイルヴィスの手には、一つの宝石が握られていた。赤く、鈍い輝きがカイルヴィスの手の内を静かに照らしている。その宝石を男は剣の柄《つか》の中心にそっと埋め込んだ。

「お前は唯一、彼女とともに歩いていくことができる。ただの剣には、この時間は超えられないだろう。けれど君には伝説がある。僕はそれを補強する。たしかなものにする」

男の手がつるりと柄をなでると、まるで初めから存在したかのように、無骨な鉄剣は赤い宝石の光をきらりと反射させた。

その姿を見てほっとしたようにカイルヴィスは息をついた。限界は、超えるためにあるんだ、と小さく呟く。

そして、そっと口元を緩ませた。

「どうか、彼女を一人きりにさせないでくれ。……よろしく頼むよ、キアローレ」


ゆっくりと、視界は暗くなる。


「――ねえクロス。この剣、こんな宝石なんてついていた?」

次にキアローレが目を覚ますと、一人の少女がキアローレを覗《のぞ》き込んでいた。アプリコット色の髪と、空色の瞳をした愛らしい少女だ。キアローレの前にちょこんと座り込み、不思議そうに首を傾《かし》げていた。

「ああ、その宝石か……」

少女に答えるのは金の髪の男だった。随分姿が変わってしまったが、彼はキアローレの主であり、これからもともにあり続ける存在だ。

「カイルヴィスのやつに妙なことはしないと約束をさせてキアローレを渡したんだが……次に戻ってきたときには、なぜかくっついていた」

「え、えええ……」

「なんのためにしたかと聞いてもへらへら笑って答えんし、外そうにもみっちり埋まっているし、もうしょうがないとそのまま放置することにした」

「そういうとこ……ほんと、カイルヴィスってそういうとこあったよね」

「あいつは本当に約束を守らん。俺よりも若いのだから、俺よりも長く生きろと命じてわかったと頷《うなず》いたくせに、誰よりも早くにあっさり死んだ」

「そう、だったね」

「そしてあいつが死んだ後は、さらに使い方もわからん発明品が大量に出てきた。もうどうしたらいいかと城はてんやわんやだった」

「……そうだったねぇ」

「おかげで今も捨てるに捨てられん謎の古代遺物が城にはたんまり眠っている……」

しんみりしていた空気のはずが、次第に呆れた雰囲気に変わっているのは気の所為《せい》だろうか。

キアローレの体は今は一本の大樹の幹のそばに、そっと突き立てられている。

エルナルフィアという竜はエルナと名を変えて、可愛《かわい》らしい少女に変わった。過去の竜は孤独を抱えて国から消え去ったが、たかが剣のキアローレはどうしようもなく、ただこの場にいた。できることは国を見守り続けることだけ。

動くことも、声を発することもない。この想《おも》いを、伝えることもできない。

彼女を一人きりにさせないでくれと言った男の願いも、叶《かな》えることができなかった。

しかし。

——さあ、時間を超えてゆけと。そう言った発明家の言葉を今もキアローレは思い出すことができる。

自身の主と言葉を交わし、微笑《ほほえ》む少女がいた。

この、長い長い時間を経たからこそ、たどり着いた場所だ。たとえ彼女たちが、自身の思考を知らずとも。彼女たちを見守るものの一つとして。

キアローレは、ただこの場にあり続ける。


するりと剣が、また意識を手放したとき。エルナはぱちりと瞬いて剣を見やった。

「……エルナ？　どうかしたか」

「ううん。なんでも。それで、今日はどうかしたの？」

クロスの執務室から続く秘密の道を通り抜けてたどり着く、キアローレの大樹の下。一面に広がる木の枝には新緑の葉が生い茂り、その中には明るい色の若葉も交じっている。キアローレとはヴァイドが過去に保有していた剣の名でもあり、今日では大樹の名として人々から親しまれている。

尋ねられて、クロスははた、と金の瞳を瞬く。

「そうだった、カイルヴィスだ。そろそろ整理をしなければならんとコモンワルドと話し合ってだな」

「整理って古代遺物のこと？　ノマも言っていたわ。お城で保管している古代遺物の整理をコモンワルド様がしていらっしゃるって。クロスの発案だったのね」

古代遺物の中には城の守りを一手に担うものまであるので、国王の管理下であることに疑問はないが。

「そうだ。さすがに見ぬふりをするにも限度がある……と、いうわけで慎重に調査をした結果、城の倉庫にしまったままであった古代遺物のいくつかの使用方法が判明した」

「えっ。すごい」

「だろう。全力で褒めてくれ」

うっかり使い方を間違えて、城のすべてを吹き飛ばしてしまってはかなわんからな……と、自嘲気味に笑うクロスの横顔には疲労が隠しきれていない。エルナがまだエルナルフィアだった頃、ちゅどんと大きな音がして急いで滑空し駆けつけたところ、鳥の巣頭をさらにもじゃもじゃにさせたカイルヴィスが、『うっかりしちゃった！』と笑っていたことを思い出した。思い出してもぞっとする。その件があってから、カイルヴィスには彼専用の頑丈すぎる工房が与えられた。

『これで何かあったとしても、何かあるのは僕だけだねぇ！』

と、カイルヴィスはへらへらしていたが、まったくもって笑えなくてヴァイドはもう一生爆発するなとブチブチにキレていた。

エルナが思わず視線を遠くさせていたとき、すうっとクロスは息を吸い込み、ぱしんっと両手を大きく叩いた。瞬間、かちゃん、ぱたぱたっと忙しい音がして、どこぞからお茶会セットが落ちてきた。いや、落ちてきた？　どこから？　瞬いたらそこにあったとしかいいようがなかったので、エルナはこしこしと片手で両目を拭った。

地面の上には真っ白なピクニックシートが敷かれていて、カップの中の淹《い》れたての紅茶は今ここに急いで用意しましたといわんばかりにわずかに水面が揺れている。

「……ねえ、この紅茶のカップもポットも、前に使ったやつだよね……？　そのときも思ったけど、一体どういう仕組みで、どこからやってきてるの？」

クロスとともにお茶とお菓子を食べたことを思い出しつつ疑問を呈すると、

「ここは精霊の加護が強い場所だからな。なんでもできる」

と、あっさりと返答された。とりあえずなんでもできるらしい。

なんだかよくわからないけどまあいいか、と案内されるままに靴を脱いでちょこんとピクニックシートに足を乗せてみると、「えっ、うわ」と、妙な声が出てしまった。ふわふわとちょっと変な感触だ。気持ちが悪いわけではないけれど。

「ん、気づいたか」

「そりゃ気づくよ。何これ？　もしかしてこれも古代遺物なの？　うん。そんな雰囲気はする」

「そうだ。なんのための布かと不思議に思っていたんだがな……お茶やお菓子を載せたときだけ、ちょっと浮くんだ」

「ちょっと浮く」

意味がわからなすぎて、うっかり繰り返してしまった。と、同時に、この気持ち悪さは地面から浮遊しているせいだったか……と納得もした。

「これは俺の想像だが……。このキアローレの大樹の下は雨や雪が降ったとしても天井には枝が生い茂ってるからな。地面になんの影響もないが、本来外だと違うだろう。例えば朝露で葉が濡《ぬ》れていたり、雨の後で下が泥濘《ぬかる》んでいたりする可能性がある。しかしこのピクニックシートはそういった状況でも問題なく使用できる……とでも考えたんじゃないか？」

「その謎の思いやりはどこからくるの……？」

「俺が知るわけない」

そりゃそうだ。

「なんにせよ、これが今回わかった一つ目の古代遺物で、あともう一つはこれだ」

どっかりとシートの上に座ったクロスに倣って、エルナも隣に腰掛けた。クロスが指さしたのは、なぜかティーポットの隣に置かれている水差しだった。

「これは実は花瓶でな」

「あ、花瓶だったの」

注ぎ口があるからてっきりそう思ったが、作った人間が作った人間なので、それほど気にする必要はなさそうだ。

「これをだな。こうしてだな」

クロスは花瓶の正面に座って、ぱしんと再度手を叩いた。今度はさっきよりも小さな音だ。するとふわりと花瓶の中から花が生まれた。「うわ」と、勝手にエルナの口から声が漏れてしまう。先程までたしかに何もなかったはずなのに、今は赤い薔薇《ばら》が見事に咲き誇り、花束のように花瓶を埋め尽くしている。

「綺麗《き》麗《れい》。花がなくても食卓に飾ることができる花瓶ってこと？　こんなのも作ってたんだ。ちょっと見直したかも」

「それもある。が、さらに特徴を付け加えるならば、手を叩いた人間によって出る花が変わる花瓶らしい」

「人によって出る花が変わる花瓶」

「おそらくだが、その人をイメージする花が出るのだろうな」

「その人をイメージする花」

エルナは無意味に言葉を繰り返した。そしてじっと花を見つめた後に、勢いよくクロスを見た。

「クロスは薔薇なの!?　しかも赤って、なんで!?」

「俺が知るか」

本日二回目のそりゃそうだ。

「カイルヴィスならどう思うか、というイメージじゃないか？　せっかくだ。エルナもやってみたらいい」

「え、ええ……」

どうしようかな、と思ったが興味がないといえば嘘になる。エルナは眉を寄せながら、わずかに瞳を左右に見回したがすぐに息を吐き出し、ぱちん、と小さな仕草で両手を叩いた。

薔薇が消え、ぽすん、と次に出現したのはピンク色のチューリップだった。

「…………」

「可愛いじゃないか」

「何か、釈然としないような気がする」

「そうか。似合ってるぞ。ちなみにコモンワルドはコスモスだった」

「と、とても可愛い……！」

相変わらずカイルヴィスという男は謎だな、とエルナは改めて感じた。

「それで、使い方がわかった古代遺物はこの二つだけ？」

「さすがにこの短期間だとな。がっかりしたか？」

「ううん。とても平和なものばっかりだなって思って」

「あいつは、意外に平和なやつだったよ」

「……そうだったかなぁ」

エルナがゆっくりと呟いた理由は、否定をしたいわけではなかった。もうこの世にいないその人のことをそっと思い出しただけだ。

ハムスター精霊はのそのそとエルナのポケットから顔を出して、ふんすふんすと興味深そうに花瓶を見上げていた。そして小さなお手々をぱちりと音もなく合わせると、ぽふんっと現れたのは大ぶりのひまわりの花だ。ハムスター精霊はあまりの歓喜に頬に両手を当てて、『ごんごごご、ごんすぅー！』と縦に伸びてふるふるしていた。そしてどうやったらひまわりの種に手が届くだろうかとあっちに行ったり、こっちに行ったりと花瓶の周りをうろちょろ回って忙しそうにしている。ひまわりは茎の部分は短く切られているものの、さすがにハムスターがジャンプして手を伸ばそうにも難しそうだが、楽しそうだ。

「カイルヴィスっていえば、さ」

そんな様子を見守りながら、ふとエルナは声を出した。

「約束を守らないって、さっきクロスも言ってたじゃない」

「うん？　ああ。何もしないと言っていたのにキアローレに謎の宝石を付けた件だな」

「そう。エルナルフィアもね、守ってもらえなかった約束があるんだ。『驚くものを作った。でもエルナルフィア様には今度見せるから教えない』って。つまり、機会があれば教えてくれたってことだよね。でも結局、なんなのかわかんなかった。エルナルフィア《私》も気になっていたけれど、どうにもあの子には意地っ張りになっていたというか、素直に聞けなかったというか……」

　生まれ変わってまで気になるくらいなのだからさっさと聞けばよかったのに、と考えたが、エルナとエルナルフィアはやっぱり別の存在だ。今のエルナならそう思うというだけで、竜としてのプライドもある彼女にはやっぱり難しかっただろう。

　しみじみと頷いていると、「ああ、それか。知っているぞ」とあっさりとクロスが言うので、「えっ!?」と凝視した。その頃ハムスター精霊は必死に己の背丈を伸ばそうと極限までつま先立ちをしていたが、ひまわりの種にはもちろん届きそうになかった。

「し、知ってるって、どういうこと？　あの子がエルナルフィアに見せたかった発明品をなんでクロスが知っているの？」

「なんでって、カイルヴィスが言いふらしていたからとしか……ん。待て、本人から伝えていないものを俺の口からというのは無作法だな」

「そういうのはいいから。言おう。時効というやつだよ。言ってしまおう」

「ううむ」

クロスはぽりぽりと指の先で顎をかいて、「まあ、そうか」と一言納得の言葉を呟き、ぴたり、と唐突に動きを止めた。奇妙な間だった。何か重要なことを話すような、そんな空気にごくりと唾を呑《の》み込むと、「これだ」とさらりと伝えられて拍子抜けした。

クロスが指を差しているのは、ティーポットと、カップである。首を傾げた。

「これって、前に言っていた二つそろうとお茶が湧き出てくるっていう古代遺物でしょ？　それが、エルナルフィアを驚かせるために作った発明品って、そんな」

「そんなも何も、事実なのだから仕方がない。それに、カイルヴィスは見せる約束を失念していたわけではない。お前は大樹の花見くらいしか祭りに来なかっただろう？　来たとしても空から眺めるだけだったしな」

「……それは、エルナルフィアが大きかったから。人を、万が一にも踏み潰したくなかったんだもの」

「もちろんわかっている。でも、いつかカイルヴィスはお前と一緒に茶会をしたかったそうだ。大勢の人の中で、お前が、いやエルナルフィアが楽しむことができるような、そんな祭りを開いて招待したいと言っていた」

つまり今日の遺物たちは、カイルヴィスなりのお茶会セットなのだろうな、と苦笑するようにクロスは笑みを落とした。

「……カイルヴィスは、エルナルフィアをお茶会に招待したかったの？」

「そうだ。しかしティーポットはともかく、このカップはどう見ても人間用だ。竜であるエルナルフィアが使用するには、逆に嫌がらせになるのでは……という指摘を他者から受け断念していた。さすがのあいつもしばらく落ち込んでいたぞ」

　これがお前が知りたがっていた真実だ、とクロスは最後にまとめた。エルナはただ無言のままにカイルヴィスが残したお茶会セットに目を向けた。

「想像よりも……」

「うん？」

「拍子抜けした」

「でも楽しいだろう」

　そう話すクロスが、一番楽しそうな顔をしている。

「……あいつは、カイルヴィスは。お前が誰よりも寂しがりやということを知っていたからな。エルナルフィアのもとには多くの者たちがやってきただろう？　しかし、ときには一人きりになる時間ができてしまうこともある。そんなときはな、俺もそうだが、あいつもなるべく顔を出すようにしていた」

　なぜだか誰もいないときばかりに来ると思っていた。けれどそれは、自身のためではなく――エルナルフィアのため。

「このティーポットもそうだ。ポットとカップの両方ともから紅茶が湧き出てくるのなら、ポットがある意味がない。じゃあなぜ作ったのかわからんと以前に答えたが、こうして見るとなんとなく想像はできるかもしれん。あいつからしてみれば、どちらか一つじゃだめなんだろう。なんせ、あいつにとってのお茶会は白いピクニックシートの上に乗って、花でも愛《め》でながら大勢で茶菓子を食うものなんだろうからな。単純に、少ないよりも、多い方がいいと思ったんだろうな」

――また驚くものを作ったぞぉ！　これでみんながハッピーだ！


けらけらと笑う、声が聞こえた。

エルナはピクニックシートの上に座ったまま、ただ静かに自身の膝の上に置いた手を握りしめた。そして、ぐっと息を吸い込んだかと思うと、一緒に置かれていた菓子に勢いよく手を伸ばす。

「……食べる！　すごく、食べることにする！」

「ん。食べろ。カイルヴィスも、賑《にぎ》やかな方が好みだろう」

泣き出しそうな気持ちは、紅茶と一緒に飲み込むことに決めた。

ピクニックシートには、おそらく事前にクロスが用意していたのだろう。紅茶に合うお菓子が並んでいる。しかし初めて見るものもありなんだろうと眉を寄せ考えていると、クロスはどこか含み笑いだ。つまりエルナの反応待ちということだろう。茶色くて、表面は少しつやつやしていて丸い形を三角に切り取り、食べやすくしている。切り取った断面を見るとなんらかの果物が中に入っているようだ。

これまで王都に来てからというもの色々な食べ物に驚かされてきたエルナだが、さすがにもう慣れたものである。言っときますけれども、中身が予想できている以上驚くことはありませんよ、とふんと鼻から息を出して準備されていたフォークを使い、はくりとした。

「ふおああああ……」

はずが、変な声が出た。

「な、なにこれ、なにこれ、さくっとして、じゅわっとして」

「アップルパイという菓子だ。旨《うま》いだろう。中に入っているりんごはあえて皮付きにしていて、焼きも少し甘めになっている。その分ぎっしりとした存在感がある」

クロスの説明もそこそこに、エルナはうんうんと頷きながらうっとりとパイを食べた。隣ではいつの間にかひまわりの種を諦めたハムスター精霊がエルナと同じくパイで頰を膨らませている。おいしい。こんなおいしいものが。

「この世にはあるんだね……」

はあ、とため息のような感嘆の息をついて、一度落ち着こうと紅茶が湧いているカップを持とうと俊敏に動いたとき、どたん、とクロスがバランスを崩した。

「…………?」

「む。タイミングを計りかねたな」

今ではなかった、と言いながらクロスは涼やかな顔をして体勢を立て直しているが、よく見ると焦りが滲《にじ》み出ていることにエルナは気づいた。どうしたのかと考えて、「あっ」と声を出して、即座に知らぬふりをしようとした。

「せっかくだと手でも握ろうと思ったんだが……少々失敗した」

「す、素直に言わんでもいい……！」

「ところで、手でも握るか？」

「正直すぎて反応に困る」

けれど、断る理由もない。

エルナとクロスは、互いに真正面に座った。エルナはそっと正座をした。ゆるゆると両手を出して、ぎゅっと握り合ってみた。何かが違う、と思った。

多分これは、ただの握手である。それでも心臓が痛いし、ずきずきするし、呼吸だってし辛《づら》い気もしてくる。手を離したはいいものの、クロスもわずかに耳を赤くしてそっぽを向いていた。手くらい以前なら気にせず握れていたはずなのに、嫁になると決めてから急に恥ずかしくて仕方がない。

ハム精霊は、ハムゥと唸《うな》りながらもちゃんと見ないふりをしていてくれた。

「……の、ノマたちとも、したいな、お茶会」

「そうだな。機会があれば、フェリオルも呼ぶか」

「あはは。王様の他に王弟殿下もいるだなんて、驚きすぎて倒れちゃうかも」

言いながら、ふと顔を上げた。靴を履いて、ちょこちょこと進む。

「ねえ。あなたも、どうかな」

問いかけたのは、一本の剣に対して。

しゃがみ込みながら、エルナは赤い宝石を柄に付けた剣に声をかけた。

「……キアローレもか？」

　クロスの柔らかな声に、「うん」と頷く。

「この間は、昔の光景を見て思わず文句を言ってしまったけれど、それでも、この子がずっとここにいてくれたことに違いはないから。また、あなたに会えて嬉《うれ》しかった。ここにいてくれてありがとう」

　そのとき、気の所為だろうか。きらりと赤い宝石が瞬くように輝いた。まるで返事をするような、そんな仕草だ。エルナは小さくほころんだ。と同時に、エルナの隣に座ったクロスが、くしゃりと彼女の頭をなでる。

「カイルヴィスが残した遺物はまだまだたんまりあるぞ。どうだ、エルナも一緒に確認してみるか。他にも茶会のセットがあるかもしれんしな」

「いいけど、ちょっと怖いね。本当に、一体どんなものが眠っているんだか」

「さてな。確認してみねば、何もわからんままだからな」

　そりゃそうだとエルナは笑った。

　進まねば、何もわからないままなのだから。

　――変化とは、とても恐ろしいもののように感じる。

　それこそ、自分の世界すべてを滅ぼされてしまったかのような。恐ろしいと逃げ出すのか、それとも前を向くのか。どちらを選ぶのかは自分次第だ。

「……どちらを選ぶにせよ、自分で選んだことに間違いなんて、きっとないけどね」

「ん？　どうした」

「なんでもない」

けれど不思議と縁は交じる。またいつか、どこかで巡り合う。

誰にも聞こえぬ声で呟くエルナの頭上では、ざわざわと木々の枝葉がこすれ合う。

その隙間から。温かな光がそっと、しゃらりとこぼれ落ちた。

# あとがき

こんにちは、雨傘《あまがさ》ヒョウゴと申します。『ウィズレイン王国物語　～虐げられた少女は前世、国を守った竜でした～』をお手にとっていただき、本当にありがとうございます。

今回の主人公は、竜です！　いえ、前世が竜の女の子です！　実は私は竜が大好きで大好きで……今までもちょこちょこと竜が絡む小説をひっそり世に送り出していたのですが、この度とうとう耐え切れなくなり、ついに主人公にしてしまいました。もうにこにこするしかありませんよね。

ところでこの話を書くにあたって、前世が竜の女の子を書くとしたらヒーローは前世からの相棒にしたい、というところまではさくさくと決まったのですが、彼女は一体どんな竜だったのだろうと想像したときに、頭の中にたくさんの音が降ってきました。

ぴかぴかの鱗《うろこ》を体にまとわせて、その一枚いちまいが素敵な音楽を奏でながらすうっと空を飛んでいく。きゅっと瞳をつむって思い描いたその姿をどう書いたらいいだろう……と考えながら思い出したのは、高校の頃、文芸部の顧問だった先生の言葉です。

「雨傘さんは、小説の中にオノマトペをよく使いますね」

そう言われたとき、「えっ!?」と私はびっくりしました。そんなこと、全然意識していなかったからです。同時に、「そうなんだ！」と、とても嬉《うれ》しくなりました。なぜなら、私はオノマトペが大好きだからです。小学生のときに授業でオノマトペという単語を習ったとき、なぜだかわくわくしてたまらなかったことを今でも覚えています。

好きなのに、自分の小説でたくさん使っていたことに気づかなかった……というのは恥ずかしい話なのですが、本当に当時はまったく気づいていませんでした。そして先生に教えてもらってからというもの、私は自分の中でたくさんの言葉《オノマトペ》を集めるようになりました。

そして今回、竜が飛んでいる姿に少しでも近づけるようにと願って、少し変わった言葉を詰め合わせています。どんな言葉なのかということは、ぜひ本編で確認して、きらりと輝くエルナルフィアの鱗をそっと両手にのせるように楽しんでいただければ嬉しいです。


最後になりますが、この場を借りましてお礼の言葉を申し上げます。

オーバーラップ編集部の皆様、また担当編集のH様。『暁の魔女レイシーは自由に生きたい』から引き続き、ありがとうございます！　誤字や矛盾が多すぎる私をどうか見捨てないで……といつも切に祈っております。イラストレーターのＬＩＮＯ先生。先生がお描きになるエルナルフィアが最高すぎて、直前まで担当さんと「表紙はエルナとクロスの二人メインですね～」なんて話していたはずが、先生からラフをいただいた瞬間、「竜を全面にしましょう」と二人して意見が一瞬で変わりました。女の子も男の子も可愛《かわい》くかっこいいのに、竜まで素敵なんてどうしたらいいんでしょうか。

そして、読者の皆様方。応援してくださる皆様のおかげで、こうしてまたお届けすることができました。どうかまた、皆様とお会いできる日を心待ちにしております。

雨傘ヒョウゴ

# 次巻予告

クロスと一緒に生きたいと、
求婚を受け入れたエルナ。
二人は少しずつ距離を縮めていた。

そんな折、隣国から
かつての友にそっくりな姿をした
**一人の使者が現れる。**

竜の生まれ変わりを
探りにきた様子の使者。
味方か敵か。
**新たな出会いが
もたらす
ものとは──。**

## ウィズレイン王国物語 2
～虐げられた少女は前世、国を守った竜でした～

## 2023年冬発売予定

# ウィズレイン王国物語 1
## ～虐げられた少女は前世、国を守った竜でした～

発行 2023年8月25日 初版第一刷発行
著者 雨傘ヒョウゴ
イラスト LINO
発行者 永田勝治
発行所 株式会社オーバーラップ
〒141-0031
東京都品川区西五反田8-1-5
校正・DTP 株式会社鷗来堂
印刷・製本 大日本印刷株式会社


ISBN 978-4-8240-0586-1 C0093



【オーバーラップ カスタマーサポート】
電話 03-6219-0850
受付時間 10時～18時（土日祝日をのぞく）

**作品のご感想、ファンレターをお待ちしています**

あて先：〒141-0031 東京都品川区西五反田8-1-5 五反田光和ビル4階 ライトノベル編集部
「雨傘ヒョウゴ」先生係／「LINO」先生係

**スマホ、PCからWEBアンケートにご協力ください**

アンケートにご協力いただいた方には、下記スペシャルコンテンツをプレゼントします。
★本書イラストの「無料壁紙」 ★毎月10名様に抽選で「図書カード（1000円分）」

公式HPもしくは左記の二次元バーコードまたはURLよりアクセスしてください。
▶ **https://over-lap.co.jp/824005861**
※スマートフォンとPCからのアクセスにのみ対応しております。
※サイトへのアクセスや登録時に発生する通信費等はご負担ください。

オーバーラップノベルスf公式HP ▶ **https://over-lap.co.jp/lnv/**